食ものがたり

A Food Story

彩陽《いろは》

目次

カバー・本文デザイン●石川直美
イラスト●大島なな
カバー画像●Andrey Kuzmin/Shutterstock.com
編集協力●横山愛麿

第一話

旅立ちの、お抹茶

パンパカパーン、パンパカパーン！

お城の屋上から、誰かがラッパの練習をしているのが聞こえます。明日は大切な建国記念日を祝うパレードが行われる日です。

お城の中は準備で大忙しです。槍《やり》をピカピカに磨く人。盾《たて》をつくっている人。カンカンと金属をたたく音も聞こえてきます。

王様はテーブルに届いたゴールドの、大きな鎧《よろい》と小さな鎧を見て、

「大きくて立派な鎧だ」

と満足そうにうなずいていました。

キラキラと輝く小さいほうの鎧も、いかにも重そうで、厚みのある鎧でした。

「この鎧を身につけるの……」

テーブルについていた王様の娘、十歳のリコちゃんは小さなため息をつ

きました。

「大きくて重い鎧ほど、国の強さを誇れるものだ」

王様は、胸を張って言いました。


リコちゃんは庭に散歩に行ってみました。庭にはパレードを先導するためのライオンが大きな檻《おり》に入れられていました。リコちゃんは、檻の横にちょこんと座ると、ライオンに聞きました。

「国の強さって、どういうことなのかな？」

「リコちゃん、王様には逆らわないほうが無難《ぶなん》さ」

「ねぇ、毎日檻の中にいて満足なの？　草原を走りたくないの？」

「そりゃ走りたいさ」

ライオンは視線を上げて遠くを見ました。

「でも、檻の中だってごちそうを食べられるしね。ちょっと、太りすぎたかもな？」

とお腹を見ました。百獣の王のライオンは、強さの象徴として大切にされてきました。人間と同じ食べものを与えられて、どう猛な本能は、のんびりと穏やかな性格に変わっていました。

檻の上には木が生い茂っており、その枝のひとつに桃色の小鳥がとまっていました。小鳥はリコちゃんとライオンの会話を静かに聞いているようでした。

パレードは街の中で盛大に行われました。ライオンを先頭に、大きな鎧をつけた王様、小さな鎧をつけたリコちゃん、そして兵隊さん、子供たちの鼓笛隊が続き、手足をそろえて一糸乱れぬ行進をしています。

「王様や王女様の鎧は立派だから安心だ」

沿道の人は言葉を交わし、オリュゾン王国の旗を大きく振りました。

パレードが無事に終わり、広間に戻ったリコちゃんは重い鎧を外しました。運ばれてきたお抹茶を飲んで「ふう～」と肩の力を抜きました。

続いて戻ってきた王様は、目尻を釣り上げて太い声で言いました
「鎧は、かたときも外してはならない」

「どうしてですか？」

「命令には従うものだ。これだから女の子は困る」

王様はため息まじりに言いました。

「鎧が大きく、重くなることは強さなのですか？」

「そんな理屈はいらん！　世の中は甘くないんだ！」

大きな声で怒鳴り、王様は広間を出ていきました。重たいドアが閉まる

低い音が響きました。

広間にポツンとひとりで座っているリコちゃんの後ろで、コトンと小さな音がしました。古びた木箱が揺れて、鍵が外れて扉が開いたのです。中からはペンダントが出てきました。そのペンダントは馬のひづめにつける蹄鉄《ていてつ》の形をしていました。金の土台の上には十個のダイヤモンドがちりばめられています。

「きれいだな、ちょっとつけてみよう」

つぶやきながら手に取ると、ずしっと重みがありました。ひやっと冷たい鎖《くさり》を首の後ろで留めました。

そのとき、王様の声が気になった、ばあばが広間に入って来ました。そしてリコちゃんがつけているペンダントを見つけると、

「それは……」

と駆け寄ってきました。

「このペンダントは、王家に代々受け継がれていたものでね。豊かな風土が生み出す、食べものの神様が宿っていると言い伝えられてきたんだよ。

この国がおもてなしの国と呼ばれていたのを知っているかい？　かつては、豊かなときも貧しいときも、お互いに食べものを分け合って料理のおもてなしをする国だったんだよ。

誰であろうと『どうぞ食べていって』と迎え入れる国だったんだね。

そのころには、この十個のダイヤモンドがまぶしく光り輝いていたらしいのだけれど、王国の鎧が大きくなるたびに、ダイヤモンドの輝きが失われていってね。

あるときに、箱に入れて鍵をかけてしまったと聞いているよ」

ばあばは、ペンダントと一緒に木箱に入っていた古い本を手に取り、読んでくれました。

このペンダントを身につけたものは、旅に出なくてはならない。その旅を通じて、大切なものを手に入れたとき、ペンダントは再び輝きを取り戻し、大きな力を呼び起こすだろう。

そして本のページが、一か所だけびりびりと破られています。そこにあったはずの地図がなくなっていました。

「あれ、地図はどこにいったのかな？」

リコちゃんが古い木箱の中に深く手を差し込んだ瞬間、体ごと箱の中に吸い込まれたような不思議な感覚に包まれました。

気がついたとき、国境の南門にある大きな川を越えた山あいの道に、リコちゃん、ライオン、小鳥が一緒にいました。目の前の地面には、ひとつの風呂敷包みが置いてありました。思わずみんなで目を合わせて、微笑みました。

リコちゃんは、ばあばの話を思い出して、ぎゅっとペンダントを握りしめました。

「もしかしたら、これが旅の始まりなのかもしれないのね」

みんなで山道を、まっすぐ歩き始めました。しばらくすると、遠い山から黒い煙がモクモクと上がっているのが見えてきました。

「あの煙は何かな？　この先に街があるのかな？」

とリコちゃんが聞きました。

肩に乗っている小鳥が、バタバタと羽を広げたり閉じたりしました。

「この煙は危険なにおいだ。これ以上近づくのはやめたほうがいい」

ライオンが言いました。

「どんなふうに危険なの？」

「この煙からは、怒りや憎しみのにおいがするんだ」

「怒りや憎しみ？　何が起きているのかな？」

リコちゃんは、小さな額にしわを寄せました。そして、

「待っていて。ちょっと様子を見てくるわ」

と、走り出しました。小鳥は、あわてて羽をバタバタさせました。ライオンは、少し首をかしげた後、リコちゃんの後ろ姿を追ってゆっくり歩き出しました。

大きな木にもたせかけられたボロボロのロボットと、そばでシクシク泣いている赤いロボットに会いました。リコちゃんは駈け寄り、

「大丈夫ですか？」

とそっと声をかけました。赤いロボットは顔を少しあげて、弱々しい声で言いました。

「大切な人を傷つけられました」

この国は、果実がたわわに実るフルーツ王国でした。みんなで平和に生活していました。ところが数年前に領土の奪い合いが始まり、「赤」と「青」のロボットが戦っているのです。

「争いで、たくさんのロボットが傷つけられています。ロボット工場へ行けば手足は動くように修理してもらえます。でも修理しても、すぐにまた戦いに行かされるのです。悲しくて悔しいです」

リコちゃんも悲しくなり目にいっぱいの涙を溜めました。

「どうしたら戦いを止めることができるのかしら？」

リコちゃんが聞きました。

「この先に二つのお城があり、それぞれに、赤のロボットと青のロボットの親分がいます。安全なお城の中から戦いを見ていて、命令を出しているのです。お城に近づこうとすると赤い光の炎に当たり、黒く焼けて倒れてしまいます」

「赤い光に当たらないようにお城に行って、親分に戦いをやめてほしいと話をできないかな？」

「話してわかる相手ではないです」

「しかし繰り返していたら、いつかみんなが倒れてしまう」

ライオンがつぶやきました。

「お城に行くしかないわ」

リコちゃんが言うと、しばらくリコちゃんとライオンの真剣なまなざしを見つめていた赤いロボットは、首をたてに振りながら、流れる涙を拭《ぬぐ》って立ち上がりました。

「わかりました。私が案内します」


小高い丘から、お城が見えました。

「たてがみにしっかりつかまって」

ライオンが、背中に乗ったリコちゃんに声をかけてから走り出しました。

お城に近づくにつれて、黒い煙で周りが見えなくなり、目がチクチクと痛みました。目をこすりながらよく見ると、地面にたくさんのロボットが横たわっています。手足の取れているロボットや、真っ黒になって倒れているロボット。

ドキュン！　ドドドドドドド！

赤い光は、地響きのような大きな音と、赤い光の炎が飛び交っています。赤い光は、ロボットたちが手にしている銃の先から発射されていました。リコちゃんの手足がガクガクと震えてきました。

突然、赤い光がリコちゃんに向かってきました。とっさに身をかわしたとき、光がリコちゃんの肩に乗っていた小鳥をかすめました。

ゆっくりと落ちていく小鳥。抜け落ちた小さな羽が二枚、ふわりとリコちゃんの顔の横をすべるように流れました。

「なんていうこと！　大変！」

リコちゃんは地面に落ちた小鳥を、両方の手のひらでそっと包み込みました。まだ温かい。きっと大丈夫。

気を失った小鳥をそっとバッグの中に入れたリコちゃんは、意を決して積み重なっていたガレキに登り、体の力すべてを使って叫びました。

「やめてー！　お願い！」

しかしリコちゃんの声は、周りの大きな音にかき消されてしまいます。

ドドドド！　ドキュン！　ドドドドドド！

「やめてー！　お願い！」

やはりだめです。リコちゃんは困ってライオンの顔を見ました。ライオンは「任せておけ」とばかりに、しっぽで地面をポンとたたきました。

「グゥアオー！」

ライオンが牙を出して、巨大なうなり声をあげました。ライオンの遠吠えは、低くそして強く、地面を伝わって響き渡りました。

次の瞬間、戦いの音がいっせいに止まりました。

静まりかえる中、それぞれのお城から赤いロボットと青いロボットを率いる親分が出てきました。歩いてくる親分たちは人間でした。二人は姿や顔がどこか似ています。そして、リコちゃんに近づいてきました。

「おまえたちは、いったい何をしに来たんだ？」

片方の親分が、鋭い目でにらみつけました。

「私たちは旅をしているのですが、傷ついたロボットに出会い、戦いをやめてほしいとお願いに来ました」

リコちゃんは緊張した声で答えました。親分たちはリコちゃんのペンダントを見て、ハッと何かに気がつきました。

ライオンがリコちゃんの前に、荷物を包んだ風呂敷をポンッと置きました。その風呂敷をリコちゃんが抱えました。

バッグからは、ようやく正気にもどった小鳥が出てきました。赤い糸をくわえ、それで地面に四角い線を引きました。

すると、みるみるうちに赤い線の中が、四畳半の畳が敷かれたお茶室になるではありませんか。

その空間だけ一瞬にして煙が消えて、空気が透明になりました。親分たちも、そのお茶室をまじまじとながめています。

リコちゃんは、風呂敷を抱えてお茶室に入りました。

そして畳の上に正座をして、風呂敷の中の抹茶、抹茶茶碗、茶筅《ちゃせん》、茶杓《ちゃしゃく》、お湯の入った水筒を流れるようなしぐさで並べていきます。

そして、不思議そうに見ていた二人の親分に、

「どうぞ、お入りください」

と穏やかに微笑みました。

親分たちは言われるままに、われ先にと小さな入口から入ろうとしました。

「ドスンッ」

二人がぶつかりました。

「俺が先に入る」

「こちらが先だ」

とにらみ合いました。

「どちらが先でも後でも、同じことです」

リコちゃんが大人のように落ち着いた声で言いました。

「どちらが上なく下なく、一服のお抹茶を楽しんでいただきたいと思います」

と言うと、深々とお辞儀《じぎ》をしました。

二人の親分は何も言えなくなり、どちらからともなくお茶室に静かに入りました。続いて赤いロボットも入り、並んで座りました。

部屋の中に入ってみると、リコちゃんの後ろの壁に「一期一会《いちごいちえ》」という文字が見えました。

「では、心を込めて抹茶を点《た》てます」

リコちゃんは軽く頭を下げて、小さな入れ物から緑色の抹茶を茶杓に山盛り一杯すくい、抹茶茶椀に入れました。そして静かにお湯を注ぎ、左手で器を押さえ、右手で茶筅を持ち、手首をしなやかに動かしました。ササササッと茶筅のやわらかい竹の音が聞こえます。

器の中には、鮮やかな緑色の大きな泡が立ち、やがて細かくてやわらかい若草色の泡に変化していきました。リコちゃんのすべての想いが、お茶碗の中に注がれていきます。

「どうぞ、お召し上がりください」

リコちゃんが言い、お茶碗を親分たちと赤いロボットの前にていねいに置きました。

「ちょうだいいたします」

親分たちが、宝物のようにお茶椀を受け取りました。続いて赤いロボットもお茶碗を手に持ち、右手で器を回して、器の正面をずらして飲みました。

口の中になめらかな泡が入ると、さわやかな苦みが広がり、ほのかな甘みを感じます。

　すると、ざわざわとしていた気持ちがすーっとしずまっていくのがわかりました。

「なぜわれわれは争っているのだろうか？」

　親分たちは、静かになった心で考えました。

「小さな奪い合いから始まった」

「やられたから、やり返した」

「争いは、いつまで続くのだろう」

「奪い合って、何が残ったのだろう」

　ふと部屋の外に目を向けると、灰色の空の下に両軍のロボットたちが見えました。お茶室から見る彼らの体からは、悲しみや憎しみが感じられました。初めて肌で感じる戦いの空気でした。

「ロボットたちの心……」

「このつらい想いをもう繰り返したくない。誰にもさせたくありません」

赤いロボットが声を震わせながら言いました。そして、二人の親分は最後のひと口を「ズズッ」と音を立てて飲み切りました。


お茶室にいる全員が自然と目を閉じました。音のないひっそりとした時間が流れます。鼻から抜ける抹茶の風味とほろ苦さが感じられます。

赤軍の親分は、ゆっくりと瞼《まぶた》を開けると「にーちゃん」と、もうひとりの親分の顔を真っ直ぐに見つめました。

「ああ、そうだな」

と青軍の親分が弟に右手を差し出しました。二人の親分は血のつながった兄弟だったのです。

「ここから新しく始めよう」

兄弟はぎゅっと固い握手をしました。

「人生で、ただ一度の出会い……それが一期一会だったな」

「いま、この瞬間に心を尽くそう」

二人は、互いに握った手と手の間に過ぎ去った時間を感じました。そして、両手を重ねてうなずき合いました。

親分兄弟は、リコちゃんに深々とお辞儀をして、お茶室の外へ出ました。
リコちゃんも深く頭を下げました。
ライオンが大きな木の枝を口にくわえて走ってきました。枝には橙《だいだい》色の富有柿《ふゆうがき》がついていました。

「甘いものを食べてからお抹茶を飲むと、さらにおいしいのさ」

ライオンが息を切らせながら、兄弟に柿を渡しました。

風が煙を払い、隙間《すきま》から太陽の光が差し込んできました。光はどんどん大きく広がり、やがて青空が見えてきました。

ぜひ自分たちも飲んでみたいと、ロボットたちがお茶室に列をつくって待っていました。リコちゃんは、みんなのために抹茶を点て始めました。

少し前まで煙に包まれていたこの街に、楽しげでにぎやかな声が聞こえています。リコちゃんには、うれしさが込み上げてきました。

「ばあばに習ったお抹茶を、みんなによろこんでもらえたわ」

そのとき、ペンダントのダイヤモンドのひとつがきらりと光りました。

お城に戻っていたお兄ちゃん親分が、少しあわてて走ってきました。その手には一枚の紙を持っています。

「あっ、これは」

リコちゃんが手に取ってよく見ると、あの本から破り取られた地図でした。そして地図にはリコちゃんのペンダントと同じ蹄鉄の形が描かれています。

「この地図は、ひょんなことから手に入れたものです。調べたところ、オリュゾン王国にとって大切なものだとか。

これは私が持っているべきものではありません。あなたにこそ必要なもののはずです」

「ありがとう。たしかに受け取りました」

「この地図の場所を旅して行こう」

リコちゃんとライオンと小鳥はうなずきました。

青い空を見ながら、リコちゃんは大きく伸びをしました。空はどこまでも、どこまでも続いていています。

「さあ、また歩き出そう！」

「にぎやかな旅になりそうだな」

ライオンがニッコリと笑いました。

第二話

テクノロジーの国で、塩むすび

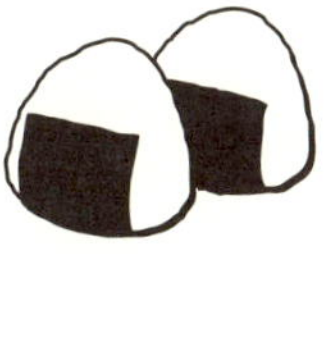

「次の国には電車に乗って行くらしいよ」

地図を見ながらライオンが言いました。

「この電車は、面白い形をしているわね」

目の前の、銀色をした丸い円盤型の乗り物を見て、リコちゃんが言いました。

「どんな国に到着するのかな？」

スキップするような足取りで、円盤型の乗り物に乗り込みました。車内には、スイッチのボタンが並んでいます。

「まるで宇宙船のようだな」

ライオンが、しっぽをくるっと回しながら言いました。

「ぴぴぴ、発車します」

機械のアナウンスが流れるとドアが閉まり、びゅっと水平に円盤が動き出しました。

「わー、すごいスピードで進んでいくよ」

ふわりと風に乗ったような感覚で、乗り物は静かに動いていました。早く進みすぎて、小さな窓からは何も見えません。

「気持ちいいな。草原を全速力で走っているときのようだ」

ライオンが自信たっぷりの声で言いました。小鳥は羽をバタバタとさせました。

「まもなく到着します。腕に時計をしてください」

またアナウンスが流れると、カウンターから腕時計が三個、ゴロゴロと出てきました。

「あれ？　この腕時計には私の写真と名前が書いてある！　いつの間に写真を撮られたのかな？　やだ、身長や体重までバレてる」

とリコちゃんは口をとがらせました。ライオンの時計には、「体重五十キロオーバー」と表示されていました。

腕時計をつけたころ、駅に到着しました。

「Have a good day.」とアナウンスが流れました。

「ハバァ　グッデイ」

とリコちゃんがまねをしました。

「ぴぴぴぴ！　ドアが閉まります！」

みんな、あわてて乗り物から降りました。

駅から出ると、リコちゃんの足がぴたりと止まりました。小鳥が羽をバタバタさせました。空を見上げて大きく三回瞬《また》きをしました。

「人間が空を飛ぶの？」

ピシッとした紺色のスーツを着て、小さなビジネスバックを持った人たちが、腕時計を見ながら、あわただしく空を飛び交っています。この国は、人間たちが一所懸命働いて、テクノロジーを発展させた国なのです。

びっくりして空を見上げていると、急ぎ足で走ってきた小さな少年がリコちゃんにぶつかり、二人はドスンと尻もちをつきました。少年は立ち上がると何も言わずに走り出しました。

すぐにライオンが走り出し、少年に追いつくと前に回り込みました。とうせんぼをされた少年は、うつむいて立ち止まりました。そしてリコちゃんに小さな声で、「ごめんなさい」とつぶやきました。リコちゃんも立ち上がり、

「こちらこそごめんなさい。けがはなかった？」

と声をかけました。少年はうなずきながら、リコちゃんを見て不思議そうに聞きました。

「スーツを着ていないけど、どこから来たの？」

「私たちは旅をしていて、いまこの国に着いたところよ」

「ふ〜ん、そうなの」

そして横目でライオンをチラリと見て、小さな声で言いました。

「僕、ライオンの背中に乗ってみたいな」

リコちゃんがライオンの顔を見ると、

「任せておけ」

と、しっぽを地面にポンとたたきつけました。リコちゃんがライオンの背中に乗せてあげると、少年は目を輝かせて、

「よし、行くぞ。この国のことを僕が教えてあげるよ！」

と元気な声で言いました。

「ねぇ、どうすれば空を飛べるの？」

「ソラトブーンという靴を買って、目的地のデータを腕時計に入力すれば、空を飛んで自動的に到着するんだよ」

みんなで感心しながら歩き始めました。街にはコンクリートの建物が立ち並び、ひんやりとした静けさが漂っています。

「あれは、なんだろう？　こっちを見ているようだけど」

ライオンが質問しました。街のところどころにコンクリートの柱があり、先端から出ている何本もの長いチューブが、伸びたり縮んだりしています。チューブには蘭の花のように、何かがいくつも並んでくっついています。

「カメラだよ。あのカメラと腕時計で、人々のすべての行動が記録されているよ。忘れ物をしても、すぐに見つかるんだよ」

と少年が言ったとき、ぴぴぴと腕時計が鳴りました。

「あと十分で家に到着してください。知らない人には注意してください」

リコちゃんたちは、びっくりすることばかりです。


路地を曲がると「食」と書いてある看板があり、お店の中に人が入っていくのが見えました。

「何のお店かな？」

「ここはママのお店だよ」

少年はライオンの背中から降りると、お店の裏口に走っていきました。

入り口にタッチするとドアが開き、足元のタイルが勝手に動いて、みんなは自動的にお店の中に入りました。

お店の中は壁一面に赤、黄色、緑、青、むらさき、色とりどりの小さな丸いボールが並んでいます。

「わぁ、きれい！」

ライオンも小鳥も目をパチパチさせています。タイルが機械の前に着くと、下から小さい椅子が飛び出てきて、みんなそれに座りました。

「どうすればいいのかな？」

リコちゃんがとまどっていると、少年が奥から走ってきました。

「腕時計のこのボタンを押すんだよ」

ぴぴぴと高い音が鳴って、機械から赤のボールがコロコロと出てきました。ライオンは茶色、小鳥は白です。

「このボールはこの国の食事で、一日一粒食べればいいんだよ」

「えっ、一日一粒でいいの？　どんな味がするのかな？」

「味？　味って何のこと？　パイナップルとかイチゴの香りがするけど」

奥から少年のお母さんが出てきて、ボールの説明をしてくれました。

腕時計には、その人の一日の行動と運動量のデータが入っていて、その日に必要な栄養素が計算されます。栄養によってボールの色が変わるそうです。

「みんな忙しいからね、僕も栄養ボールを食べているよ」

と少年は教えてくれました。

「いただきます」

リコちゃんは、赤いボールを口の中へポンと入れました。すると、イチゴの強い香りがして、一瞬で溶けてなくなりました。

「もう、食事が終わっちゃったの？」

キョトンとした顔でリコちゃんはつぶやきました。

お店の中は、お客さんが増えて混んできました。一台の機械が故障したようで、少年のお母さんが直しています。

ぴぴぴ、ぴぴぴぴとお客さんの腕時計から高い音が鳴り続けています。

「早くしてくれよ！　時間がないんだ」

男の人がピリピリした声で言いました。続けて、

「最近、疲れが取れないのよ！　このボールでいいのかしら！」

という女性のかんだかい声が聞こえました。

リコちゃんとライオンと小鳥、少年は、お客さんのどなり声に追い出されるように、お店の外に出ました。

それでも気になるのでお店の中をのぞいてみると、お客さんたちの顔は、

全員眉間《みけん》にしわが寄っています。リコちゃんは、なんだか寂しい気持ちになりました。

そのまま、みんなでとぼとぼと街を歩いていると「米」という古びた看板を見つけました。

「あっ、米と書いてあるわ。この国にもお米があるのかな？」

リコちゃんが弾むような声で言いました。

「リコちゃんは、食べものを見つけるのが早いなぁ」

ライオンがたてがみを揺らしながら言いました。

「米って食べものなの？」

と少年が不思議そうな顔をしました。

狭い入り口からうす暗いお店の中に入ると、天井には電球がひとつ下がっているだけ。すみっこには、わらでできた米俵《こめだわら》がいくつか置いてあります。売れ残りでしょうか。

「何か用かい？」

店の奥から杖をついた小さいおばあさんが出てきて、面倒くさそうなそぶりで声をかけてきました。

「こんにちは、おばあさん。看板にお米と書いてあったけど……」

リコちゃんが言いかけると、

「ああ、あんたはお米を知っているんだね。昔は米がいちばんだったのにさ、いまは忙しいと言って誰も食べなくなったのさ」

「食べないなんてもったいないな。私の国では、いつもお米を食べていました。おいしかったな〜」

「お米って、どんな香りがするの？」

少年が聞きました。おばあさんが口を開こうとしたとき、突然、入り口から、

「何をしてるの！」

と怒った大きな声が響きました。

みんながびっくりして振り返ると、そこには少年を探しにきたお母さんが顔をこわばらせて立っていました。みんなの驚いた視線に、はっとしたお母さんは、

「ごめんなさい。ちょっと疲れていたもので」

とうつむきました。その姿は少年とそっくりでした。

その様子を見ていたおばあさんは、

「みんな、店の奥にお入りなさい」

と言うと、ゆっくりとお店の細い廊下を歩いていき、八角形の鏡がついているドアの前で止まりました。

「特別だよ」

とささやくように言うと、おばあさんは杖を鏡の下にはめ込みました。そして、ドアをゆっくりと開きました。ドアからぶわっと強い風が吹いてきました。

ひとりずつドアを通りすぎると、みんなの目の前には黄金色に輝く田んぼが見渡すかぎりに広がっているではありませんか。さらさらとそよ風が吹くと、実った稲穂が頭《こうべ》を垂れて、ゆらりゆらりと揺れました。

「ここがお米をつくっている田んぼだよ」

「すごい！」

少年もリコちゃんも飛び上がりました。広い田んぼを見渡しながら、みんなで「すう〜」と長く息を吸うと、きれいな空気が体のすみずみまで届くようでした。

お母さんは、肩の緊張が抜けていくように感じながら言いました。

「なんて美しい景色なのかしら。ここがお米の田んぼなのね」

ライオンは、どこまでも続く広い田んぼが気に入ったようで、あぜ道をぐるぐると、たてがみを揺らしながら走っています。小鳥はうれしそうに田んぼの上を飛び回っています。

「田んぼとライオンが同じ色で見えなくなっちゃうよ」

と少年が言って、みんなが笑いました。

「ちょうど、新米を炊いているところさ。みなさん、ご一緒にどうぞ」

おばあさんの手招きに誘われて、みんなで田んぼの、でこぼこした土のあぜ道を一列になって歩きました。

農家の広い庭先で薪《たきぎ》を燃やし、大きなお釜でお米を炊いています。お釜のふたがぷくぷくと泡で持ち上がり、隙間《すきま》から湯気《ゆげ》が出ています。ほのかに甘い香りが漂うと、誰からともなく、

「お腹すいた〜」

と声があがりました。みんな、お腹をぐーぐーと鳴らしながらご飯が炊けるのを待ちました。

「さあ、お待たせ」

とおばあさんが、炊き上がったお釜のふたを取りました。勢いよく白い湯気が立ち上がります。

お釜の縁にしゃもじを入れて、鍋底のご飯を大きく混ぜました。おこげ

がぱりぱりっと音を立て、香ばしいにおいが広がりました。
湯気の向こうでは、お米の一粒一粒が立ち上がり、つやつやと光ってい
ます。みんなでお釜の中をのぞきこむと、心が躍《おど》りました。

「おむすびを握りましょう」
おばあさんが手のひらに水をつけて、塩をのせてこすり、炊き立てのご
飯を片方の手のひらにのせました。
両手を合わせて、ぎゅっぎゅっと三角形をつくり、手の中でころころと
リズムよく回転させます。やや丸みを帯びた三角形の塩むすびを、お皿に
ポンとのせました。
リコちゃんののどが、ごくりと鳴りました。おばあさんの小さな手から
大きなおむすびが、つぎつぎにお皿に並んでいきます。

「さあ、召し上がれ」

おばあさんが言うと、みんなは待ちきれない様子で、

「いただきます！」

元気な声が田んぼに響き渡りました。みんなおむすびをほおばり、

「うん、うん」

と大きくうなずき、次の瞬間いっせいに、

「わはははは」

と笑いました。本当においしいとき、みんな笑ってしまうようです。

塩むすびは、お米がふわりと口の中でほどけます。もちもちとした食感にふくよかな味わいが広がります。

「おいしいわ」

と笑顔でうなずいているお母さんの顔を、少年はうれしそうに見ていまし

た。リコちゃんもライオンも小鳥も、塩むすびをかみしめると、お腹にじわっと温かさを感じました。

リコちゃんは、寂しいようなうれしいような気持ちになりました。少年のお母さんは、自分の故郷を思い出していました。

「懐かしいわ。子供のころに母が、よくつくってくれました。おいしかったな」

「お母さんにも子供のころがあったの?」

「もちろんよ。おむすびを食べて大きくなったのよ」

お母さんが、少年の肩をそっと抱きしめました。

「どうしたら、おばあさんのように、おいしいおむすびをつくれますか?」

リコちゃんは、おむすびを見つめて聞きました。

「そうだねぇ、おむすびは、固すぎても、やわらかすぎてもおいしくならない。手から生み出すおいしさなのかなぁ」

しわを寄せた笑顔で言いました。

「おばあさんのおいしくなれっていう想いが、おむすびに伝わるんだね」

「昔から変わらない大切なものなのね」

みんなは広い田んぼを見渡して、大地の恵みと一所懸命に稲を育ててくれた人々に感謝しました。

「私は、お米の大切さを思い出しました。食べることは、栄養を摂《と》ることだけが目的ではないのですね」

「そうだよ、食べもので、体がつくられて心が育っていくんだよ。私みたいな、おばあさんやおじいさんになったときのことを考えるのさ」

「悔しいな、人間だけができることなんだね」

ライオンが、おむすびをほおばりながら言いました。

「おむすびは、人と人の縁を結ぶっていう言い伝えがあるんだよ。おむすびは、単純に見えて、奥が深いんだよ」

みんなでおむすびをほおばりながら、おばあさんの言葉も一緒にかみしめました。リコちゃんがのぞくと、空っぽになったお釜もよろこんでいるような気がしました。

田んぼから帰ってきたお母さんは、おむすびのおいしさをこの国の人に伝えたいと思いました。栄養ボールをやめて、おむすびの店にしようと一大決心をしたのです。みんな大よろこびで、この街の人に受け入れられるおむすびを一緒に考えました。

「中に具を入れましょうよ」

たくさんの意見が集まりました。おむすびは海苔《のり》で巻きます。具は鮭、たらこ、梅干しに決まりました。それを竹の皮に包みました。

そして、ついにお店のオープンです。おむすびのおいしさを伝えたいという想いは、お客さんに伝わるのでしょうか。

「おむすびをください」

と空を飛んできた男性がお店に来ました。

「これはうまい！　僕はこれから、宇宙を飛べるソラトブーンの開発をするんだ。おむすびは、宇宙にも持っていきたいな」

「あら、惑星まで飛べる日がくるのね」

「おむすびを食べたらお腹の底から力がわいてきたよ。飛べる日も近いさ」

男性はよろこび勇んで店を出ていきました。

おむすびは評判を呼び、どんどんと口伝えでそのおいしさが広がっていきました。おむすびは、人と人の縁を結ぶ……おむすびを通して、人の輪が広がっていきます。

カウンターでお母さんがおむすびを握り、お客さんは笑顔でおむすびを味わっています。もうイライラと怒っている人は、どこにもいません。

「おむすびは奥が深いんだよ」

というおばあさんの言葉を、みんな思い出していました。

そのとき、リコちゃんのペンダントの二個めのダイヤモンドがやさしく光りましたが、そのときは誰も気がつきませんでした。

さあ、リコちゃんは次の国を目指します。

第三話

海の国で、回転ずし

ライオンは歩きながら、海が近いことを感じました。

「潮のしょっぱいにおいがするな」

曲がった道を抜けると、小さな港に着きました。目の前に広がる海を見て、リコちゃんは思わず言いました。

「海は大きいなぁ」

遠くに見えるまっすぐな水平線をみんなで見ました。小鳥も興奮しています。ライオンとリコちゃんは、一緒に地図を広げました。

「船で海を渡ると次の国に到着するのね」

「船に乗るのは気が進まないな」

ライオンは緊張気味に言いました。

船着き場には、岸にロープでつながれた船がゆらりゆらりと十艘《そう》ほど浮いています。

それぞれの船の前では、真っ黒に陽に焼けたおじさんたちが、

「この船がいちばんいいですよ。さぁ、こちらの船に乗ってください」

と声をかけています。ライオンは、とぼとぼと歩いていき、あきらめたようにいちばん手前の船に乗りこみました。その船のおじさんは、

「さぁ、一緒に乗った、乗った」

とリコちゃんの背中をポンと押して、船に乗せてしまいました。

「出発しまーす」

おじさんが声をかけて、岸につながれていた太いロープをゆるめていきます。それにつれて船は海を進み始め、振り返ると船着き場がどんどん小さくなって見えました。

海の青さが濃さを増してきました。リコちゃんは、ごろりと寝転がり手足を伸ばしました。

「青い空と広い海に包まれているみたいだわ」

のらりのらりと揺れる海のリズムを感じました。

隣にいるライオンを見ると、リコちゃんと同じように手足を伸ばして体を長くしていました。

「気持ちがいいわね」

「うん。あんがい海はいいところだね」

リコちゃんの肩から小鳥が飛び立ち、青空をぐるりと伸びやかに飛んでいます。

船に揺られて数時間が過ぎたころ、空に厚い雲が流れてきました。風が

吹いて波が高くなると、揺れ始めた船の中でリコちゃんとライオンの体が右へ左へと、ずずーとすべります。

「あー、危ない！」

大きな波の勢いで、リコちゃんの体が船を飛び出し、続いてライオンも海に放り出されてしまいました。

「助けてー」

「じゃぶじゃぶ、じゃぶじゃぶじゃぶじゃぶ」

必死にもがいて手足で水をかきわけます。小鳥が羽をバタバタとさせて戻ってきました。しかし船はどんどん遠ざかってしまいます。

「もうだめだー」

みんなの体力がそろそろなくなろうかというとき、海の中からつぎつぎと黒い影が迫ってきました。

「まさか、人食いザメ？」

ところが、集まってきたのはイルカの群れでした。イルカたちはリコちゃんたちを中心に、円を描くようにくるくると泳ぎ始めました。その円は、やがてひとつの透明なボールになりました。

その中に、リコちゃんとライオン、小鳥が入ると、空気を吸うことができました。それを見届けるとイルカたちはゆっくりと離れ、また海の彼方《かなた》へと戻っていきました。

「なんていうことだ！」

ライオンの声が、ボールの中で響きました。

「すごい！　息ができるわ。イルカさんたちが助けてくれたのね。ありがとう。ありがとう」

リコちゃんは、イルカたちの後ろ姿に向かって手を振りました。やがてみんなが入ったボールは、ゆっくりと海の中に沈み始めました。

ライオンは体を丸くして、じっとしています。

海の中には太陽の光線が差し込み、魚の群れが、キラキラと光を放ちながら泳いでいます。リコちゃんと小鳥は、海の世界をうっとりと見ていました。

ボールは、ぐらんぐらんと小さな音を立てて揺れながら海の底へ沈んでいきます。だんだん暗くなり、とうとう光が届かなくなってしまいました。

「こわい、こわいわ！」

小鳥がリコちゃんにぴったりくっつきました。真っ暗になりましたが、それでもボールは、暗い海をぶらんぶらんと沈んでいきます。やがてドスンと音を立てて止まりました。

「見えない。何にも見えない」

リコちゃんは暗闇に閉じ込められて、身動きすることもできませんでした。するとライオンが暗闇の中で立ち上がり、リコちゃんの隣にぺたりと体を寄せて、ゆっくりと言いました。

「大丈夫、大丈夫、大丈夫。暗い闇の中であわてて光を探そうとするとこわくなるんだよ。暗闇に慣れたら、だんだん景色が見えてくる。落ち着いて、落ち着いて」

リコちゃんは目を閉じて、何も考えずに長く息を吐きました。

「一緒だから大丈夫。何があっても大丈夫」

とライオンのやさしい声が聞こえてきました。リコちゃんはゆっくり目を開けてみました。

「何かがぼんやり見える」

何も見えないと思っていた暗闇に、うっすらと景色が見えてきました。

みんな落ち着きを取り戻してきました。イルカさんたちが守ってくれたことを思い出し、みんなの胸がほわっと温かくなりました。

気がつくとずいぶん寒くなっていました。小鳥はリコちゃんの肩の上で、羽の中に頭をうずめて丸くなっています。

「寒いね。息が白く見えるわ」

「そうだな、どこか温かい場所を探そう」

ライオンがボールの中を歩き始めると、ボールが転がりながら前に進みました。小鳥がバタバタと羽を広げて合図をしました。「灯りが見えるわよ」と言っているようです。その方向をみると、海底の地面に、小さな小さな灯りがぼんやりと見えました。

近づいていくと、砂の地面がぶるぶると揺れて、こわもてのちょうちんあんこうが姿を現しました。後ずさりしたリコちゃんたちを見て、あんこうは大きな口を広げてにんまり笑いました。

「私は海の国の門番です。温かい場所へご案内しましょう。すぐにリュウグウノツカイという竜のような姿の魚が通るので、後をついて行ってください」

と言うと、またぶるぶると砂の中にもぐっていきました。

みんなで海底を見回していると、きれいな虹色をしたリュウグウノツカイが、リコちゃんたちの横をツンとすました顔で優雅に通り抜けて、岩の間に入っていきました。

後を追って、みんなでボールを転がしながら、岩へ向かって歩いていきました。

「光だわ」

岩と岩の隙間から、きらりとひと筋の光がみえました。みんなの心にもひと筋の希望が湧いてきます。

「すごく明るい。まぶしいくらいだよ」

目を細めながら光の方向へと進んでいくと、岩の間にある大きなホラ貝から光が放たれていました。

みんなはその光に吸い込まれるように、殻の中へ入っていきました。

「わぁー」
一気に滑り台を滑るように、くるくると貝殻のらせんを滑り下り、ドスンと明るく温かい場所へたどり着きました。

すると目の前に海星人《うみ》がいました。

「ようこそ、海の国へ！」

三人の海星人が横一列に並んで、笑顔で迎えてくれました。

みんなはホッとして座り込みました。ひとりの海星人が白湯《さゆ》を運んでくれました。飲むと体がじんわり温まりました。そして説明をしてくれました。

「ここは、海の底にあるムーという国です。私たち海星人が住んでいて、この場所で広くて大きい海を守っています」

海星人はリコちゃんと同じくらいの背丈で、体はしずくの形をしていて短い手足があります。お肌はつるつるで、海と同じきれいな青い色をしています。

「どうぞ、こちらへ」

案内された部屋に入ると、大きなテーブルの奥にとんがり帽子をかぶった海の国ムーの王様が座っていました。

「はじめまして」

王様が帽子を取って会釈《えしゃく》しました。

「はじめまして。迎えてくださりありがとうございます」

リコちゃんがお礼を言いました。みんなも頭を下げました。王様はみんなの顔を見て、

「とてもお腹がすいているようですね。まずお腹を満たしてから、ゆっくり話をしましょう」

と微笑みました。たしかにみんな、お腹がぺこぺこです。

テーブルには貝殻の器が並んでいます。器の中には、マグロ、鯛、イカ、いくら、甘エビ、あわび、ウニのお刺身が盛り合わせてあります。

海星人たちが集まってきて、テーブルに着席しました。王様が「では」と声をかけると、それぞれが急いで姿勢を整えて手を合わせます。

「いただきます」

といっせいに声を揃えて頭を下げました。リコちゃんとライオンも、少し遅れて頭を下げました。

「さあ、どうぞ。海の恵みです。好きなだけ召し上がってください」

と王様が言いました。

「わぁ、何から食べようかな？」

リコちゃんは、お箸《はし》にわさびを取り、鯛の切り身にチョンとのせ、小皿の醤油《しょうゆ》をお刺身の端につけて、口に運びます。

ぷりぷりした鯛の身をかみしめると、上品な旨みと風味が口の中に広がります。

「幸せ〜、疲れが吹き飛んだわ！」

リコちゃんの心は晴れ晴れとしてきました。ふと隣を見ると、ライオンはシュンと小さくなり、ひと口も食べていません。

ライオンはリコちゃんの耳元で、

「この魚は、少し前に泳いでいた魚さんだよね？」

とこっそり聞きました。ライオンは、生の魚を食べたことがなかったのです。その様子をみていた王様が言いました。

「この海の国では、お刺身をたくさん食べています。よかったらひと口食べてみてください。

食べるということは生き物の命をいただくことなんです。私たちは残さずに大切に食べています。私たちは海に増えすぎた魚を食べることで、海を守っています」

ライオンは意を決して、

「魚さん、ごめんなさい」

とパクッとイカを食べました。

「ん……？　おいしい！」

ライオンがにんまりすると、みんながホッとして微笑みました。

「食べることで海を守っているのですか？」

とリコちゃんが聞くと、向かいに座っている海星人が教えてくれました。

「海では、魚の数が多くなったり少なくなったりしているんだよ。海の生き物の循環を保つことが、僕たちの大切な役割なんだ」

「最近は海の水温がだんだん高くなっているので心配です。海水の汚れにも困っています」

王様が顔を曇らせました。

みんなが食べ終わるころ合いをみて、王様が、

「では」

と声をかけると、みんなが急いで姿勢を整えて、お箸を置きました。手を合わせると手の中がふわっと温かくなります。

「ごちそうさまでした」

と頭を下げると、みんなの気持ちがすっと整う空気を感じました。リコちゃんはすてきだなと思いました。


翌日、リコちゃんは王様に聞きました。

「ごちそうしていただいたお礼に、私にお料理をつくらせてもらえませんか？」

「ほう、それはそれは。ぜひ、お願いします」

リコちゃんは腕まくりをしました。

大きな飯台《はんだい》に炊き立てのご飯を入れて寿司酢を混ぜて味を含ませます。

これはシャリと呼ばれます。

次に、左手でシャリを握り、その上に刺身をのせて両手の指をうまく動かして握ると一貫のお寿司ができました。

寿司を小皿にのせていきます。ライオンがカウンターに水が流れるようにしてくれていました。水の上に小皿をのせると、流れにのってお寿司がカウンターの上を回ります。

「料理が回っているぞ」

「回っている、回っている！」

わはははっと大きな笑いと拍手がわき上がりました。

海星人は、魚のあらと骨でつくったあら汁を、お皿にのせて回します。

魚は、ほとんど捨てるところがありません。

「では」

と、王様の声がかかります。

「いただきます」

「小皿をとるタイミングは難しいな」

「また、甘エビが通りすぎちゃったよ」

海星人たちは初めての回転ずしを楽しんでいます。笑い声を聞きながら、ライオンは水の流れを止めないように、短い手で一所懸命に紐《ひも》を引っ張って回転させます。小鳥は、ライオンの汗をハンカチで拭いています。

「お刺身が残っちゃったね」

と海星人が言いました。

「これは残り物ではなくて、もう一品のお料理にします」

リコちゃんは、幅の広い昆布の上に、鯛のお刺身を重ならないように並べていきます。そして上にも昆布をのせて重しをします。

「これは昆布《こぶ》締めといって、ひと晩おくと鯛に昆布の旨みが染みこみます。明日、味見してみてください」

「それはすばらしい！　保存しながらおいしくなるんですね。とてもいいアイデアだ。私たちもこれから試してみることにしましょう！」

「私たちは旅を続けたいのですが、陸に出るのには、どうすればいいのですか？」

「来た道を戻るのは、いかがですか？　歩いていれば何かヒントが見つかるかもしれません」

王様がいたずらっぽく微笑みました。リコちゃんは胸のペンダントをぎゅっと握りました。

海星人たちが、来たときのような空気のボールをつくってくれました。これがあれば海の中でも平気です。みんなとハグをして、さよならを言いました。

「ありがとうございました」

「こちらこそ、楽しかったです」

別れを惜しみながら、リコちゃんたちはボールの中に入りました。

「魚をたくさん食べたから、お肌がつやつやになったわ！」

頰を手で包んだリコちゃんが、にこっと笑いました。

新しい空気のボールに乗り込み、再び暗闇の海底へと出発しました。歩き始めるとすぐに、潮が後ろからの強い流れに変わりました。

「大きな流れには逆らわないほうがいい」

とライオンが言って、みんなは海流の流れに沿って歩き始めました。

そこに、大きなクジラがゆっくりと向かってきました。ボールに近づくと言いました。

「海星人の王様から、みなさんを陸にご案内するように言いつかりました。どうぞ背中に乗ってください」

クジラは大きな背中にリコちゃんたちをボールごと乗せて、大きなしっぽをゆらゆらと動かして海の中を泳いでいきます。向かいから来た仲間のクジラと会うと、

「やぁ」

とあいさつの音を響かせます。

やがて強い太陽の光線が差しこんできました。じゃばっという大きい音がして、水面に出ました。

「やったー！　太陽だ」

リコちゃんは、クジラに背中にそっと頬をつけて
「ありがとう」

と言いました。クジラは照れながら、

「どういたしまして」

と体を少し沈めました。

「では陸に到着します。尻もちをつかないように足を曲げたり伸ばしたりしておいてくださいね」

みんなで「いちに、さんし」と準備運動をしていると、

「わぁー！」

クジラの背中から噴水の水しぶきが上がって、海の上を飛び越えて陸に到着しました。

みんなで海に向かって大きく手を振って、

「ありがとう！」

と叫びました。クジラは黒いしっぽを一回ひるがえして、深い海へと帰っていきました。リコちゃんは海を見つめて、

「海の底には国があって、海を守っている海星人がいるんだな。食べものを残さずに食べることが大切なんだな」

と思いました。

リコちゃんのペンダントの三個めのダイヤモンドがきらりと輝きました。

第四話

雲の上で、オムレツ

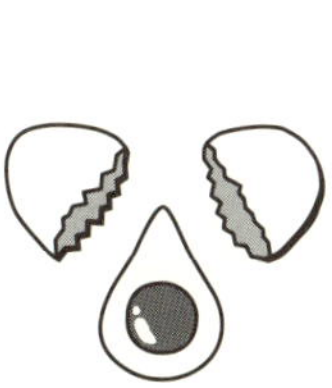

みんなは、くねくねと曲がった山道を何日も歩いていました。ひんやりとした風が吹き、夜空には、ときどき流れ星が見えます。

「こんな山の中では不思議なことが起きそうね」

リコちゃんが空を見上げて言いました。

「こんな山には仙人《せんにん》がいるんじゃないか？」

「もし仙人がいるとしたら、白くて長いあごひげを生やしているの。そして、雲の国に行く方法を知っていると思うわ。楽しいわよ」

「どうして、リコちゃんはそんなに雲の国に行きたいの？」

「え？　だって雲の国だよ？　行きたくない人なんているの？」

リコちゃんの肩の上で、小鳥が羽を少し膨らませて片目を閉じていました。

「今日は、もう休もう」

とライオンが言いました。

　みんなは、重なり合ってうとうとと眠りにつきました。

　そこからさらに数日歩くと、渓谷のほとりにある小さな山小屋にたどり着きました。戸の中から「ヘヘッ、ヘックション」とくしゃみが聞こえたので、みんなは中をのぞきました。

　小屋の中には、白くて長いあごひげを生やしたおじいさんが座っていました。想像したとおりです。

「おじいさんは仙人さんですか？」

　リコちゃんが思わず声をかけました。

「うむ、そうじゃ。おまえさんたちが来ることは、知っておった」

　リコちゃんとライオンと小鳥は顔を見合わせました。

「では、雲の国に行く方法を知っていますか？」

リコちゃんが仙人に聞きました。

「んー、そうじゃな」

奥の棚からガラスの瓶《びん》を持ってきました。

「この瓶に入った氷を鳥が飲むと、姿形がグンと大きくなる。すると、背中に君とライオンを乗せて、雲の上まで飛ぶことができる」

と言って小さな瓶の中のひと粒の氷を見せました。

「この氷は、雲の粒なんじゃ。この清らかな森の大気が雲になり、それをこの瓶に入れて凍らせてある」

リコちゃんは、瓶の中の輝く氷を真剣に見つめました。

肩に乗っている小鳥が、目を伏せました。どうやらみんなを乗せて飛ぶ自信がないようです。

「だって、そんなこと、できるわけないじゃない」

とでも言うように、羽を大きくバタバタと動かして怒りました。

「確かに、この氷を飲んでも途中で体が小さくなり、雲までたどり着かないこともある」

「それは、どんなときですか?」

とリコちゃんが勢いよく聞きましたが、仙人は、

「ワシにもわからんのじゃ」

ぼそりとつぶやき、椅子に腰掛けました。


まもなく陽が沈み、リコちゃんとライオンと小鳥は、仙人に教えてもらった古い大木の洞《うろ》で夜を明かすことにしました。

ライオンの温かい毛皮にぴたりと寄り添い、リコちゃんは眠りました。

そして、霧の深い朝が来ました。それもやがて晴れて、太陽がまぶしく輝きました。

「いつになれば、雲の国に行けるのかな?」

先に起きて、泉のほとりを歩いている小鳥の後ろ姿を見ながら、リコちゃんはつぶやきました。

「小鳥の気持ちが変わるまで待つしかないよ」

とライオンがなだめるように言いました。

「いつ変わるのかな?　小鳥は、朝から同じ道ばかり歩いているのよ」

後ろから仙人が声をかけました。

「同じ道を歩いていると安心するんじゃよ。同じ道を歩いていながら違う景色を見ているのかもしれん。

いまは小鳥が雲まで飛べると信じることが大切なんじゃ、自分を信じる力じゃ」

「自分を信じる力……」

「小鳥は、もともとは雲の国へだって行ける、大きな鳥だったって聞いたことがあるな」

ライオンが言いました。

「忘れてしまっている自信を取り戻せばいい。じゃが、それが難しいんじゃのう。

この場所は神聖なる場所じゃ。本来は人が住んではならんのじゃが、三日だけ待とう」

と細い目でウインクして、仙人は森の奥に行ってしまいました。

そして、三日目の朝を迎えました。じっとしていられずに、リコちゃんはライオンと山の中へ散歩に出かけました。

山の中を歩いていると、体がポカポカしてきて、澄んだ山の空気が体のすみずみに届きました。

「あれ、あの木の根元を見て」

大きな木の下にキノコを見つけたリコちゃんは走っていき、キノコの前にぺたりと座りました。

「きれいな色のキノコね。真っ赤よ。おいしそう」

ライオンが心配そうに聞きました。

「そのキノコは食べられるの？」

そのとき、キノコが赤い色の胞子《ほうし》をきらっと輝かせて、小声でささやきかけてきました。

「どうだい？　少し食べてみなよ」

リコちゃんは、ブルブルっと首を横に振りました。

「少しぐらいなら大丈夫さ！　さあ、ほら」

たまらずリコちゃんの手がスッと伸びて、キノコの端っこを少しだけちぎって、口の中に入れてしまいました。

「あははは、あははは」

リコちゃんが楽しそうに笑い出しました。

「何が面白いの？」

ライオンがつられて笑いながら聞きました。

「あははは、ははは」

お腹を抱えて笑い続けていたリコちゃんが、ぱたりと動かなくなりました。びっくりしたライオンは、

「どうなっているんだ？」

とリコちゃんを背中に乗せて、仙人のところまで全速力で走りました。仙

人はひと目見て声をあげました。

「なんてことだ。この子は食べてはならぬ毒キノコを食べてしまったんじゃ。日が暮れる前に、雲の国に行けば助かるのじゃが。間に合わなければ……」

と言いかけたとき、小鳥が待ちきれずに、羽をバタバタさせました。

「すぐに、あの氷を飲ませてくださいって言ってる！」

仙人が、瓶のふたを開けると氷の結晶が、さらりと溶けて水になりました。小鳥がそれをごくりと飲むと、みるみると、しなやかな大きな翼が広がりました。そして、リコちゃんとライオンを大きな翼に乗せることができました。

「ありがとうございます」

「気をつけなされ」

そして仙人はライオンに、

「この子は倒れているが耳は聞こえているから、悪口は言わんことじゃな」

とささやいてウインクしました。

小鳥は雲に向かって力いっぱい飛びました。ときどき風が強くなり、リコちゃんの体が翼の先まで飛ばされそうになりました。

「やれやれ、悪口を言う間もないな」

とライオンがつぶやきました。雨の中も、風の中も、小鳥の翼は、やわらかくしなやかにはばたき、瞬《またた》く間に雲の国にたどり着きました。


「コケーコッコー、コッコー」

目を覚ましたリコちゃんは、雲の国に来ていることに気がつきました。

「空を飛べたのね！　ありがとう」

よろこんでお礼を言うと、小鳥は誇らしげに翼を広げました。


雲の国では、にぎやかな声が飛び交い、市場が開かれていました。たくさんのテントが並んでいて、赤や黄色や緑の旗が風になびいています。

「大きな市場なのかな？　何があるのかな？」

リコちゃんたちは歩き出しました。

店先には、卵、卵、卵。卵がずらりと並んでいます。

「卵がいっぱいね。これは鶏《にわとり》の卵、隣は小さなうずらの卵。わぁ、大きいのはダチョウの卵だわ。その先にはカラスの卵も売っているわよ」

雲の国の主な食事は卵です。鳥の卵を中心までゆでた、ゆで卵を売っていました。

鶏の卵を売っているおじさんは、首からタオルをかけて、

「いらっしゃい、らっしゃーい、安いよ、数量限定！」

と大きな声でお客さんを呼んでいました。たくさんの人が押し寄せて、鶏《けい》卵《らん》が飛ぶように売れています。

「押さないで、押さないで」

一方、向かいにも同じ鶏卵を売っているお店がありますが、そちらは、お客さんがぽつり、ぽつりとしか来ません。リコちゃんは混んでいるおじさんのお店で卵を買った人に、声をかけて聞いてみました。

「どうしてここのお店の卵を買うんですか？」

女性が言いました。

「とっても安いのよ。家族がたくさん食べるから、安い卵は助かるわ」

と籠《かご》にたくさんの卵を入れて大切に持っていました。

リコちゃんは、さっと走って向かいの卵屋さんへ行き、

「おばさん、同じ卵なのに、どうしてこっちは高いの？」

と質問をしました。

「質が違うんだよ」

おばさんは怒った口調で言いました。あわててリコちゃんは、すみませんとぺこりと頭を下げました。

「いやいや、とんでもない。こちらこそ無愛想《ぶあいそう》だったね。ごめんよ。さあて今日も、売れなかった卵を処分しなくちゃならんね」

おばさんの言葉に、リコちゃんは心が痛みました。


翌日は市場の休日です。小さい雲の上に、昨日のおばさんが乗っていま

す。雲にぽつんと腰かけて、木の実の餌《えさ》を鳥に撒いていました。

ゆるやかな風が吹くと雲が流れて、おばさんの雲が近づいてきました。

「どうだい。よかったら、一緒にこの雲に乗ってみるかい」

リコちゃんはもちろん、はい、とうなずきました。

雲と雲が重なり合った瞬間に小鳥が、

「はい、ジャンプして」

と言わんばかりに合図をして、みんなで一緒に飛び移りました。

「やったぞー」

ライオンが誇らしげに言いました。

リコちゃんとライオンは、おばさんの近くにそっと座りました。そして何を話すでもなく、一緒に鳥をながめました。

餌を求めて、世界中の鳥が集まっていました。ウグイス、カワセミ、ムクドリ、ペリカン、コンドル……。中でもカラスが多く、鳥たちは伸びをしたり、片足で立っていたり、おしゃべりしたりしているように見えました。

「鳥たちは翼を休めているのかな？」

リコちゃんがぽつりと言いました。

「そうさ」

おばさんが言いました。

小鳥が、リコちゃんの頭の上にぴょんと乗りました。小鳥には世界中の鳥たちの会話が聞こえるのでしょう。なんだかうれしそうです。

「あれ、あっちの雲はなんだか違うね」

とライオンが言いました。

小鳥は翼を大きくさせて、みんなを乗せて雲の上を飛んで近くまで行ってくれました。下から見ると白かった雲の中が、むらさき色になっていて、囲いの中にたくさんのヒヨコが押し詰められています。

「小さなヒヨコが十倍の速さで大きくなり、一度に十個の卵を産むようになる、むらさき色の餌があるんだよ」

おばさんが言いました。

「ヒヨコたちの目が真っ赤になっているぞ」

とライオンが悲しそうに言いました。

「あっ、あのおじさんだ」

たくさん卵を売っていたおじさんが餌を巻きながら、

「いいぞー、いいぞー、もっと産んでくれ」

鶏に声をかけています。

「むらさきの雲は、やがてむらさきの雨になり、海や地上に落ちるのよね。

そういえば、海星人《うみ》も海の水が汚れて困っていると言っていたわ」

「まったくさ。そのとき儲けることだけ考えて、後のことは何も見えていないのさ」

とおばさんが言いました。

「けどさ、いい卵を産めるように、自然の餌を使って鳥たちを大切に育てていると、どうしても値段が高くなっちまってね。すると売れやしない」

小鳥が、おばさんが鶏を育てている雲の上に飛んで行くと、鶏たちが自由に走り回ったり、好きな場所に休んだりしていました。

「これが卵の質の違いなのね」

リコちゃんはうなずきました。

「卵も自然の恵みなんだ。処分する卵は、できる限り減らしたいんだ」

おばさんはうつむきました。

「本当にいい卵を使って、ゆで卵のほかにも料理ができないかな?」

「カラスに聞いてみたら知っているかもね」

ライオンが、ひらめいたように言いました。

小鳥に頼むと、カラスたちがリコちゃんが乗っている雲に集合しました。

小鳥の話をうなずきながら聞いていたカラスたちが、いっせいに空に飛び立ちました。

「鳥から見た地上は、どんなながめなんだろう」

翼を広げて体を水平にして、大空を飛んでいくカラスたちの姿を見ながらリコちゃんは思いました。

夜明けがきて、朝日が昇りはじめました。ふわりふわりと揺れる雲の海があけぼのの色に染まり始めます。リコちゃんは、あまりの美しさに息をのみました。

にぎやかな鳴き声と足音が聞こえてきて、つぎつぎとカラスが戻ってきました。雲の上に円を描くようにカラスが並んでいきます。

「作戦会議が始まるのね！」

とリコちゃんはワクワクしました。

カラスの目にはカメラ機能が備わっていて、紙の上に乗ると料理の写真とつくり方が印刷されました。

「カラスは、すごいな」

ライオンが目を大きくさせました。

リコちゃんとライオン、そしておばさんは、カラスたちが世界中から集めてきたレシピを手に取ると、ひとつの卵から、実にたくさんの料理がつくられていることに驚きました。

「卵は世界中で愛されているんだね」

とおばさんは声を弾ませました。

リコちゃんはおばさんに言いました。

「カラスは、おばさんのお店を応援しているのね」

「応援？　なぜ私の店を応援してくれるんだい？」

「みんな、おばさんが鳥たちを大事に育てて、健康な卵を売っているのを知っているみたい」

小鳥がおばさんの肩に、ぴょんと飛び移りました。

「カラスさんたち。応援してくれてありがとう」

みんなでカラスに頭を下げました。カラスたちは照れたように目じりをゆるめました。

「そうだ、レシピのお礼に、カラスさんたちに卵料理をつくりたいな。このオムレツなんてどうかな？」

リコちゃんは、たくさんのレシピの中からひとつを選んで、料理を始めました。

よく熱したフライパンに、バターを入れて、溶いた卵を一気に流し入れます。卵液をフォークでかき混ぜ、フライパンの柄《え》をトントンとたたきながら木の葉型にまとめるのですが、なかなかうまくいきません。

「レシピどおりにやっても、いきなりうまくはつくれないのね」

小鳥は、リコちゃんがつくった失敗作のオムレツを見て、楽しそうに「ピピ」と鳴きました。

リコちゃんとおばさんは額に汗をにじませながら、フランパンを振ってオムレツをつくっています。何度も何度もつくっているうちに、形がきれいなオムレツができるようになりました。

キラキラ光る鏡のお皿に黄色いオムレツをのせました。

「ふう、やっとできた。カラスさんたち、どうぞ召し上がれ」

「かぁ」と声をあげると、カラスたちは、ナイフとフォークでていねいに食べ始めました。オムレツの中からとろりとした半熟の卵が流れました。

その姿からは、お料理を楽しんでいるのが伝わってきます。

「うふふ、よろこんでもらえたみたいね」

リコちゃんとおばさんは目を合わせて微笑みました。

おばさんは、リコちゃんと相談して、安心して食べられる安全な生卵と新しい料理方法をお客さんに紹介することにしました。

「比べてみてください。おいしくて安全な卵なんですよ」

とおばさんが卵料理をつくりながら言いました。

「安全性ね！　子供たちには安全なものを食べさせたいわ」

お店の前には、大勢の人が集まり、キラキラとした目でのぞき込んでいます。

「その卵をちょうだい！」

と声がかかったのをきっかけに、卵は飛ぶように売れていきました。

その様子を見て、安売りをしていた向かいのおじさんがぼやきました。

「なんだよ、買う人がいるから安い卵をつくったのに」

そのとき強い風が吹いて、むらさき色の雲が、安売りをしていたおじさんのほうに流れてきました。おじさんは、あわてて逃げ出してしまいました。

「買う人がいるから、つくる人がいるんだ。私たちが選ぶものによって、市場が変わっていくんだな」

と思いながら、リコちゃんは小鳥の羽をなでました。ペンダントの四個めのダイヤモンドが光りました。

「人間は食べものの頂点にいる強い存在。食材となる命のことや、安全性を大切にしてほしい。すべては人間に返ってくるものなのだから」

風に乗って仙人の声が聞こえてきました。

「人間に、がんばってほしいわね」

リコちゃんには、そんな鳥たちの声も聞こえたような気がしました。

第五話

土の国で、具だくさんの豚汁

リコちゃんとライオンと小鳥は、渦を巻く海にかかる長い橋を渡っていました。橋を渡り終えると、世界中の本が集まっている島、本の国に到着です。

「着いたぁー！　ここが本の国ね」

この島の家はみんな本の形をしていて、茶色の本の家やストライプの本の家が建ち並んでいます。さっそくリコちゃんは島の案内図を見に行きました。

島の中には大きなお城の図書館がいくつもあるようです。

「この鉛筆の形をしたお城に行ってみたいな」

リコちゃんが歩き始めると、ライオンは隣であくびをしながら聞きました。

「この国の人は、みんな本が好きなんだね。リコちゃんは、本のどこが好きなの？」

「その本の主人公になれるところよ」

小鳥が「私も！　私も！」と言うように、ぴょんぴょんと跳ねました。


お城の図書館までの石畳の道を歩いていくと、荷台にたくさんの食材を積んだトラックが通り過ぎました。トラックがその先の角を曲がるとき、荷台が傾いて、何匹か魚を落としていきました。

「あれ、魚を落としていったよ」

駆け寄ってみると、石畳に魚がぴちぴちと跳ねていました。向かいから袋を持った男の人が走ってきて、すばやく魚を拾いあげ、

「今日の夕飯は、この魚を焼いて食べよう」

とうれしそうに言いました。

「よかったですね」

「この先にレストランがあって、そこに食材を届けるトラックなんだ。この角を曲がるときに、しょっちゅう荷台から魚や野菜を落としていくんだよ。それは、誰でももらっていいのさ」

と教えてくれました。

道のすみっこに、赤いTシャツを着た女の子が袋を持って立っています。リコちゃんが、

「こんにちは」

と声をかけると、女の子は何も言わずに目をそらしました。女の子は、道の端の地面にぺたりと座りました。

リコちゃんは、女の子の黒い瞳が気になりました。ひんやりとした輝きを放っているように感じたのです。

「あの女の子に話しかけてみようかな？」

ライオンの顔に近づけて聞きました。

「リコちゃんは気にしなくてもいいさ。それより、もうすぐお城の図書館に着くよ」

とライオンが言うので、リコちゃんは「そう？」と前を向いて、真っ直ぐ歩き始めました。

鉛筆の形をしたお城の門の前に立つと、ちょっとかびくさい、本のにおいがしたように感じました。
扉を開けると、ギーと木のきしむ音がしました。入ってすぐの大広間の

天井には大きなシャンデリアが、オレンジ色の光をキラキラと輝かせています。

すべての壁は、天井に届くほどの本棚です。本から紙とインクのにおいがしています。部屋の中央には小さいテーブルとソファが並び、コーヒーを飲みながら本が読めるようになっています。

リコちゃんは本棚から数冊の本を取り出し、両手に抱えてソファに腰掛けました。

一冊の本のページをゆっくり開いて読み始めました。すっかり本にひきこまれて、うなずいたり、顔をしかめたりしながら、座ったままじっと読んでいます。

隣に座っていたライオンは、そんなリコちゃんの様子を見ていましたが、

「どんな主人公が出てくるんだろうな？」

とつぶやいて散歩に出かけました。図書館の周りをぐるりと歩いていると、外のテラス席では、小鳥が本を読みながらバタバタと羽を動かしていました。

ライオンは、お城から出て、歩いて来た石畳を戻りました。

さっきの赤いTシャツを着た女の子が、まだ道端に座っていました。すると、女の子が背中をもたせかけていた家の中から、太ったおじさんが出てきて、大きな声で言いました。

「こんなところに座らないでくれ！」

女の子が顔をあげると、

「家の前が汚れちまうよ」

と塩を手に取って投げつけました。女の子は立ち上がり、太ったおじさんの顔を、大きな黒い瞳で真っ直ぐに見上げました。

おじさんは、いまにも突き飛ばしそうな勢いで女の子に近づきました。

そこでライオンが二人の間に入って、

「グァオ」

とうなりました。太ったおじさんは、びっくりして腰を抜かしました。ライオンは女の子に、

「一緒についておいで」

と声をかけ、歩き始めました。

「大丈夫かい？　ひどい人だね」

「いつものことよ。大人は自分を守ることばかり」

女の子はTシャツの塩をパンパンと払いました。

「うん、君はひとつも悪くない。でも真正面からぶつかっては危ないよ」

とライオンが言うのを黙って聞いていました。

ライオンのうなり声を聞いた小鳥が、図書館の中にいるリコちゃんを呼びに行き、一緒に走ってきました。

「あら、あなたにはさっき会ったわね」

女の子は恥ずかしそうにうつむきました。

そのとき前からトラックが走ってきて曲がり角のところで、何本かのゴボウをライオンの頭の上にドスンと落としました。

「いてて」

とライオンが言うと、女の子がくすくすと面白そうに笑いました。

トラックを運転しているおじさんは、窓から手を振って走り過ぎて行きました。女の子は、

「あのおじさんはね、いつも野菜を落としてくれるの」

と言って、ライオンについた土を払い、ゴボウを拾って袋の中に入れまし

た。リコちゃんも、一緒にゴボウを拾って女の子に渡しました。

ゴボウのおじさんは、レストランに荷物を降ろして、すぐに帰ってきました。トラックを止めて
「やあ、いつもここにいる子だね。今日はお友だちも一緒かい？ちょうどよかった。これから土の国に野菜を仕入れに行くんだが、みんなで手伝ってもらえるとありがたい。お礼にご飯をごちそうするよ」

と言いました。

「手伝いに行ってみようか？」

「うん、ご飯が食べられるの？」

みんなでトラックの荷台に乗りました。石畳の道から、やがてガタガタした土の道を走っていきました。穴がある道を通るとみんなの体が同時に

宙に浮くので、リコちゃんは面白くなってゲラゲラと笑いました。

しばらく進むとカサカサと落ち葉の音がして、あたりはひっそりと静かになってきました。コオロギや鈴虫たちの鳴く声が
「リンリンリン　コロコロコロ」

と聞こえてきました。

おじさんはトラックを止めて、運転席から声をかけました。

「みんな、しっかりつかまっていてね」

おじさんは、ゴボウのアクで茶色くなっている太い手で、ハンドルをしっかり握りました。

トラックが動き出したかと思うと、車がぶるぶると土の中にもぐっていきます。あたり一面に木の葉が舞い上がります。みんなは顔を見合わせて、しっかりと肩を寄せ合いました。

間もなくドスンという音がして、トラックは土の国に到着しました。

「いいにおいがする！」

地下なのに、目の前には広々とした大きな食堂が広がっています。壁や天井についているランプが、やわらかい光で食堂を照らしています。

テーブルでは、かわいいいいも虫さんや、背の高いミミズくんたちが食事をしていました。

「うそみたい。夢を見ているのかな」

と女の子はよろこびました。その姿を見て、リコちゃんたちはうれしい気持ちになりました。

ゴボウのおじさんが「こんにちは」と食堂の奥に声をかけると、色白の美しいお姉さんが、エプロンで手を拭きながら出てきました。

「こんにちは。私は土の国の女王です」

とリコちゃんに手を差し出して握手をしました。続けてみんなと握手しました。

「いま、温かいお料理をつくっているので、少し待っていてくださいね」

女王様は微笑むと、奥の部屋に戻って行きました。ゴボウのおじさんが、

「こっちにきて手伝ってくれるかい。土の中の食べものを見せてあげるよ」

と、地下室のさらに地下室へ降りていきました。みんなで後に続くと、透明できれいな流れの小川に着きました。

川の両端には泥のついた野菜が積み上げられています。おじさんは、軽々

と小川を飛び越えました。

「これは根菜《こんさい》といって、土の中で育つ野菜だよ」

おじさんが足元の土をぽんぽんと手ではたくと、大根、人参、じゃが芋、玉ねぎ、白ねぎ、れんこん、山芋、かぶ、さつま芋、ゴボウが出てきました。

「この野菜をトラックの荷台に積むのを手伝ってもらえるかい？」

リコちゃんと女の子が、野菜の泥をきれいに落として箱に入れ、ライオンとおじさんがトラックまで運びました。

土の中から、手拭《てぬぐ》いで汗を拭きながらミミズくんが出てきて、腰を押さえて歩いてきました。

「疲れた〜。今日は大掃除でクタクタだ。おいしい料理を食べに来たよ。食堂からおいしそうなにおいがしてくるな〜」

「お疲れさま。いつもありがとう。もうすぐごちそうができるよ」

ゴボウのおじさんが、ミミズくんの腰をぽんぽんと軽くたたいて励ましました。

「野菜がおいしくなるのは、いも虫さんやミミズくんたちのおかげなんだ。いつも土をきれいに掃除してくれるから、栄養があるいい土ができる。その土の栄養で、野菜がおいしく育つんだよ」

と言ってゴボウを手に取りました。ミミズくんは照れて頭をかきました。


食堂に戻るとみんなでテーブルを囲んで座りました。奥から女王様が大きなトレーを持ってお料理を運んでくれました。お椀からは、ふわりと湯《ゆ》気《げ》が立ち上がり、部屋の中いっぱいに、なんともいい香りが広がりました。

女の子のお腹がぐるると鳴りました。大きくて澄んだ目でじっとお椀をのぞき込んでいます。

「食べていいの？」

「どうぞ、召し上がれ」

女王様がうなずきました。女の子はうれしそうに、ひょっこりと頭を下げて、湯気が上がっている味噌《みそ》汁のお椀を手に取りました。

味噌汁の中には小さく切った豚肉と、土の中の野菜がたくさん入っています。ゴボウ、里芋、白ねぎ、人参、こんにゃく。

「おいしいわ、なんていうお料理なの？」

「豚汁というお味噌汁よ」

つぎつぎに料理が運ばれて、テーブルいっぱいに並びました。人参のサラダ、薄く切って油で揚げたゴボウ料理は、とってもおしゃれに、うず高く盛りつけてあります。

「これが、ゴボウの味なのね」

口の中に入れるとぱりぱりっと音がして、奥の深い味が広がります。

「ゴボウって、こんなにおいしかったんだ！　さぁ、みんなも食べて」

リコちゃんが手を広げて言うと、

「それは僕たちのセリフじゃないのかなあ」

と、いも虫さんたちが笑いました。

れんこん餅は、れんこんをすりおろしてフライパンで焼いたものです。もちもちとした食感がたまらなくおいしくて、ミミズくんたちも頬を赤くしながら夢中で食べています。大根の煮物は、上に味噌がのっているふろふき大根です。

「うまいな〜」

ゴボウのおじさんがゆっくりと言いました。

つぎつぎと土の国の虫さんたちが集まり、食堂はにぎやかになりました。

「地面から、僕たちには分解できないものが落ちてくると、大変なんだ。体が弱ってしまう。

でも、この食堂でうまいものを食べて休めば、また元気に働きに行けるのさ。ここの料理は最高だよ」

「女王様の手にかかれば、香りも味も七変化！」

と虫さんたちも口々に言いました。

「あら、ありがとう。でもそれも、虫さんたちがおいしい土をつくってくれるからよ。

野菜も、花も、木も、すべて大地から、つまり土の中から始まっているの。土の中から、明るい未来をつくっているのよ」

女王様が言いました。

「土の中で、しっかり根を張っていくと、やがて地上に芽が出るのさ」

ミミズくんが得意そうに言いました。

「そして木に花や実がついたら、それも私たちの食べものになるのね」

とリコちゃんは言いました。小鳥もこくりとうなずきます。


「いつか大きな木の下で昼寝がしたいな」

食事を終えたライオンがにんまりしながら言いました。

「ねぇ、あなたには、いつかしてみたいことはある？」

リコちゃんが、女の子に聞きました。

「わからない。将来のことなんて、考えたこともない」

「自分の好きなことを大切にすれば、何がしたいのか、どんな大人になりたいのか、見つかりやすくなるわ」

と、女王様が言いました。

「そうね、わくわくする気持ちが大切ね」

「でも私は大人が嫌い。大人になんか、なりたくない」

と女の子が、がっかりしたように言いました。

「たしかに大人の中には悪い人もいるけれど、やさしい人もいるのさ。ほら、君もゴボウのおじさんのことは好きだろう？」

ライオンが言うと、女の子はこくりとうなずきました。

「私は、大切な野菜をレストランに運ぶのが仕事だよ。トラックに乗って、みんなの想いを一緒に届けているのさ」

とゴボウのおじさんが誇らしげに言いました。

「運んでくれる人がいるから、たくさんの種類の野菜が食べられるのね」

リコちゃんがうなずきました。女の子が、

「私は毎日、食べものを探すのに精いっぱいだわ。親の顔も知らないの。楽しいことを考えたり、大人になることを考えたりするひまなんてなかった……」

と話し始めました。

「きっと大変な想いをしてきたのね。つらかったわね。ねえ、もしよかったら、この食堂を手伝ってもらえないかしら？」

女王様の言葉を聞くと、女の子の瞳から大粒の涙がこぼれました。

「世界は広いわ。あなたの味方は必ずいるのよ」

とリコちゃんが両手を広げました。

「一緒にご飯を食べればそれだけで家族さ。君と僕も家族だよ。家族はいつだって味方なんだ」

隣に座っていたミミズくんが言いました。

みんなでテーブルを囲むうちに、女の子の心が、温かい湯気に包まれたようにほぐれていきました。

今日も食堂から元気な声が聞こえてきます。

「いも虫さん、今日もおつかれさまです」

「ありがとう」

湯気のあがる料理を運びながら、赤いTシャツの女の子が楽しそうに声をかけています。

お手伝いの手が空いた時間には、図書館で借りた本をテーブルの両端に積み上げて、ノートのすみずみまで文字を書いて勉強しています。

「よくがんばるわね」

「いまは何でも知りたいわ。世界は本当に広いのね」

積み上げた本を見ながら、女の子は黒い瞳をキラキラと輝かせました。

女の子は、たくさんの人に本のすばらしさを伝えたい、そのためには学校の先生になるのがいちばんいいと考えて、毎日勉強をすることにしたのです。

リコちゃんには、試験の合格発表の日に、大きな桜の木の下で女の子が友だちと「やったー」と万歳《ばんざい》する姿が見えたような気がしました。何しろ、本の国の中でも、誰よりも本が大好きな女の子ですから、大丈夫。きっとやさしい先生になれるでしょう。

そのときには、川沿いの土手一面に淡いピンクの桜が満開に咲き誇ることでしょう。

そして、いも虫さんやミミズくんが土から顔を出し、「おめでとう」とダンスをして祝福するのです。

リコちゃんとライオンと小鳥は、そっとその場を離れ、次の旅へと向かいました。リコちゃんのペンダントのダイヤモンドが、またひとつ光りました。

第六話

歴史の国で、おせち料理

山道を歩いていくと、木の葉が赤や黄に染まっていました。

「よく見ると、どれひとつとして同じ色はないのね」

リコちゃんは木の下で立ち止まって言いました。

「たぶんこの辺じゃないかな？　地図に、きつね、イチョウ、ちょんまげが書いてあるけど……」

ライオンが左右に首を振りながら言いました。

そのとき木の陰から、大きなしっぽをしたキツネがトコトコと道に出てきました。リコちゃんと目が合うと、その道の奥にあるお社《やしろ》の鳥居《とりい》を通り抜けていきました。

みんなで鳥居をくぐると大きなイチョウの木がありました。

黄色くなったイチョウの葉が舞い落ちて、地面は黄色いじゅうたんのようにふかふかと足を沈めます。

「なんて大きな幹なのかしら？」

リコちゃんは手を広げてそっと近づきました。幹の半分も手が届きません。太くてずっしりとたたずんでいます。

するとどこからともなく、

「ははは、くすぐったいわ」

ときれいな響きの声が聞こえました。

「どこから声が聞こえたの？」

みんなで右を見て、左を見て、上を見ました。木の枝が揺れていました。

「もしかして、あなたが話しているの？」

リコちゃんは木に向かって尋ねました。

「はい、わたくしです」

今度は、イチョウが枝を揺らしながら答えました。ライオンと小鳥は、顔を見合わせて驚きました。

「ようこそ、お運びくださいました。わたくしは一万年前から、この場所で街の移り変わりを見守って参りました」

「一万年前から、この場所に？」

みんなは頭の中で一万年という、そこはかとない時の流れを想像しました。

「一万年前の人間は、どんなものを食べていたの？」

「あら、よい質問。どうやら食いしん坊さんのようですね」

とイチョウが笑いました。

「はるか昔、人間は石で木の実をたたいて割って食べていました。

それから落とし穴をつくって動物を捕まえるようになりました。長い間、人間たちの腹へったなぁという会話が風に乗って聞こえてきたものです」

イチョウは、懐かしむように話しました。

「始まりがわかると、いまを知ることができるでしょう。ちょっと私の体の中をごらんなさい」

リコちゃんたちがのぞき込むと、木の幹の中が見えました。

「わぁ、バームクーヘンみたいね」

とリコちゃんが言いました。それを聞いた小鳥とライオンはズッコーとずっこけました。

「これは、年輪といって一年ずつ成長して幹が太くなった証《あかし》です。この年輪を通り抜ければ過去にタイムスリップができます。

年輪はクネクネと曲がっているから、ときどき行きたい時代を少し間違えることがあります。間違えても怒らないでくださいね」

とイチョウが枝を揺らしました。

リコちゃんの手のひらに、いつのまにか小さな銀杏《ぎんなん》の種がありました。中身は入っていません。殻だけです。

「この銀杏には、みんなの体が小さくなって入ることができるのです。そして、年輪の中を通って、行きたい時代に行くことができます」

とイチョウが乗り方を説明してくれました。

最初にライオンが銀杏の殻に足を踏み入れました。体が一瞬で小さくなりました。

「すごい、ライオンがおもちゃみたいに小さくなっちゃった！」

とみんなは驚きました。殻の中のライオンからリコちゃんを見ると、大きくて強い巨人のように見えました。

「いつもに増してリコちゃんは強そうだな」

とライオンはブルブルっとたてがみを揺らしました。

つぎつぎに足を踏み入れて、全員が銀杏の中に入りました。上に殻のふたをのせて、しっかりと中から鍵をかけました。

「ごきげんよう」

とイチョウの声が響きました。リコちゃんはイチョウの黄色い葉を両手でぎゅっと胸に当てました。

「ゴロプチカ、ゴロプチカ」

「ゴロプチカ、ゴロプチカ」

と、みんなで時間を飛び越えられるように、イチョウから教えてもらった呪文《じゅもん》を唱えました。

するとと胸と手の間があたたかくなり、イチョウの葉が黄色から深紅に変わりました。いよいよタイムスリップです。

年輪を飛び越えるたびにガタンガタン、ガタンガタンガタンと揺れて、銀杏の殻の中で体がずるりと滑り、頭や体を何度もぶつけました。

やがて音が鳴りやみました。

「着いたのかな？　アイタタ、疲れたー」

へとへとになったリコちゃんが言いました。ライオンも小鳥も目を回してしまって、ぐったりしていました。

銀杏の殻を開けて外をのぞこうとすると、ドタドタっと大きな音が頭の上を通り過ぎて行きました。巨大なイノシシです。その後を、槍《やり》をもったおおぜいの人間たちが走って追いかけていきます。

「危険だ、狩りをしているみたいだ、少し時間を戻そう」

とライオンが言って、あわてて殻を閉めました。

ライオンが呪文を唱えました。ガタンという音とともにタイムスリップが始まりました。

間もなく、静かな時間に到着しました。ライオンは慎重に前足から殻を出ました。すると、再び体が大きくなり、元の大きさに戻りました。

「ここは、どこ？　いつの時代だろう」

ガサガサっとイチョウの葉が動く大きな音がしました。

みんなで、右、左、上と周りをよく見回しましたが何も見えません。すると目の前に突然、カラス天狗《てんぐ》が現れました。背中には黄金の翼。とても高い鼻をしています。

「ポン」という音とともに煙が立ち昇り、カラス天狗は黒服の忍者の姿になりました。

「みなさんは四百年の時を越えてきました。この時代は、さむらい時代といいます。殿様のいるお城へご案内しましょう。たどり着くまでの間、敵に気づかれぬよう。さぁ、急ぎましょう」

忍者は、風を聞き分けながら先導してくれます。みんなで赤い鳥居が続く長い道を通り抜けました。足音をさせないように、お腹に力を入れて走ります。

「ゆっくり息を吐きながら集中してください」

手足は左右同時に振り子のように動かします。郷《ごう》に入ったら郷に従えの気持ちで、ライオンも必死に走っています。

お城の門までたどり着くと、

「せっしゃ、ここまで」

煙があがり忍者は姿を消しました。

「どうすればいいの？」

みんなで消えた煙を見て呆然《ぼうぜん》としているところへ、何やら人影が近づいてきました。

「あっ！　ちょんまげの人だ」

「きつね、イチョウ、ちょんまげ。ここが地図の行き先で間違いない」

「あの横腹に持っているのは、刀だよね！」

お城の門に飾られた松飾りの陰に、体を小さくさせて隠れながらのぞき込みました。

建物の奥から、あずき色の着物の女性が小走りで走ってきました。

「イトと申します。ここからは、イトにお任せください」

とお腹をポンとたたきました。

イトさんは、広いお城の中の、誰も使っていない部屋へ案内してくれました。ライオンは城の外の広い草原を走りに行きました。小鳥は庭の雀《すずめ》とおしゃべりに行きました。

イトさんは薪《たきぎ》で焚《た》いた温かいお風呂を用意してくれました。リコちゃんはザブンっと湯船につかり、体の芯から温まりました。

「お湯加減はいかがですか?」

外で薪を吹いて火の調節をしているイトさんが聞きました。

「とてもいいお湯です」

イトさんがにっこり微笑んだとき、煤《すす》で口の周りが丸く真っ黒になっていました。

部屋に戻ると、着物やお布団の準備がしてありました。そして小さな器に、白い小さなお饅頭《まんじゅう》と折り紙の鶴が添えてありました。

その夜は、みんなゆっくりと眠りました。

翌日の朝、リコちゃんが台所の手伝いをしたいとイトさんに話すと、

「重労働ですよ」

と耳元でこっそり言われました。

「もちろん、かまいません！」

広い土間《どま》に入ると、大きなお釜やお鍋が並び、白い湯気《ゆげ》が勢いよく立ち上がっています。身体に染み込むような、お出汁《だし》のいい香りやお醤油《しょうゆ》の甘辛い煮物の香りもします。

「お正月のおせち料理をつくっているのですよ。では一緒に手伝ってくださいね。野菜を洗いに行きます」

「はい」

リコちゃんはよろこんで返事をしました。

「あれ、蛇口《じゃぐち》がない。どこにあるのかな？」

土間を見渡しました。

「こちらですよ」

とイトさんが目で合図しました。

テーブルに並んでいる泥つきの大きな大根を何本か持って、でこぼこの坂道を下り、小さな小川の水で洗います。木の陰には雪が残っています。

小川の水は冷たくて、指先が凍りつくようでした。

「土の国でも、こうして根菜《こんさい》を洗ったっけ」

目の前には、ピンク色の花びらが幾重《いくえ》にも重なった椿《つばき》の花が咲いていて、その美しさにリコちゃんはやさしい気持ちになりました。

次は井戸へ行き、水をくみます。

「料理で使う水を、このかめにいっぱいに入れて、土間に運びます」

イトさんが大きなかめを指さしました。教えてもらったとおりに、リコちゃんは、手を精いっぱい伸ばして綱を引き、桶で井戸の水をくみ上げます。何度か繰り返すと、息が切れました。

「水ってすごく重いのね」

すると、隣でリコちゃんの様子を見ていた、お城の台所係の女の子が呆《あき》れたように言いました。

「まるでタコ踊りみたい」

と手足をくねくねと動かしました。二人は顔を見合わせると、

「わははは」

と笑いました。

リコちゃんの様子をこっそり見に来たライオンと小鳥が、木の陰からのぞいていました。

「ずいぶん面倒なことをしているけれど、楽しそうだな」

小鳥も、笑いながら働くリコちゃんの様子を見てバタバタと羽を動かしました。


次は台所係の女の子が井戸の綱を持って、慣れた手つきでくみ上げると、あっという間にかめは水でいっぱいになりました。

「すごいわ！」

「さぁ、運びましょう」

イトさんが言って、みんなで大きなかめを土間に運びました。リコちゃんは思わず腰を押さえました。

「お水が蛇口をひねれば出てくるなんて、この時代にいると魔法のようね」

お野菜はでこぼこした形で、人参も大根もゴボウも固くしまっていて、切るのが大変でした。

「形をそろえて、同じ大きさになるように切っておくれ」

と厳しい言葉が飛び交います。

「根菜類は水からゆでるのよね」

料理はお鍋からの香りの変化で、できあがりがわかるのだそうです。

土間では料理をする音が絶え間なくしています。まな板でトントンと切る音。煮炊きしているお鍋からコトコトという音。かまどの薪がパチパチと燃える音。

隣では、エビの下ごしらえをしていました。イトさんがエビを指さして、

「エビは火を通すと、紅白になっておめでたいのよ。きれいな形に丸まっているのは、腰が曲がるまで長生きできるようにという願いが込められているの」

と教えてくれました。

奥の部屋から、台所頭《がしら》が土間にやってきました。

「味をしっかり含ませておくれよ。味つけの基本、さしすせそ、の順番を間違えないでおくれ。砂糖、塩、酢、醤油、味噌《みそ》だよ」

と声をかけました。そして土間をぐるりと回って、料理の味を見ています。

「いちばん好きな人に食べてもらうんだと思って、気持ちを入れてつくっておくれ」

それを聞いた台所係の女の子の頬が、ポッと赤くなりました。

おせち料理をつくり終えると、みんなで年越しのお蕎麦《そば》を勢いのいい音を立てて食べました。イトさんが、

「お蕎麦は打ってすぐに食べられるので、さむらい時代のファストフードなのですよ」

とこっそり言いました。リコちゃんには、見るものすべてが新鮮に感じられました。

「四百年前って、知らない、新しいことばかりだわ」

体は、あちこちが痛くて、手のひらにはマメができていました。

「先人たちの知恵が、これからもずっと永く受け継がれていくのね」

リコちゃんは感謝の気持ちでいっぱいになり、とても幸せに感じました。

ペンダントの六個めのダイヤモンドがキラリと光りました。イトさんは、リコちゃんの顔を見て、にっこり微笑みました。

翌日の朝早く、イトさんがみんなを起こしに来ました。リコちゃんはイトさんが持って来てくれた薄紅《うすべに》色の着物を着付けてもらいました。背中で結んだ帯は、「ふくら雀」というおめでたい形になっています。

リコちゃんは、さっそく歩き出そうとしたのですが、

「おっとっと！」

着物のすそを踏んでしまって、前に転びそうになりました。

「歩幅を狭くして、少しずつ歩いてください」

とイトさんがあわてて言いました。

案内されるままに廊下を静かに歩いていきました。ふと外の景色をながめると、白い雪をかぶった雄大な富士山が見えました。

息をのむような美しさに足を止めました。大きく深呼吸をすると、自然の力をもらったような気持ちになりました。


いちばん奥にある大きな部屋のふすまを開けると、

「ようこそ、おいでくださった。さぁ、こちらに」

と、ちょんまげをした殿様と、髪の毛を長く伸ばしたお姫様が迎えてくれました。改まった雰囲気に、リコちゃんも背筋がピンと伸びました。

部屋にはひとりずつのお膳があって、すでにライオンと小鳥もお膳を前に座布団の上に座っています。リコちゃんも座布団に座り、ライオンと小鳥と目くばせをかわしました。

大きな部屋の床の間には、赤い実の南天と鏡餅、おせち料理が飾られています。ちょんまげの殿様は床の間に向かい正座をして、頭を下げて言いました。

「歳神《としがみ》さま、お陰様でありがとうございます。こうして健康で過ごせることに感謝いたします」

「こちらこそ、お陰様でありがとう。みんなの元気な姿を見ることができてうれしいですよ。おせち料理をごちそうさま」

と床の間から声が聞こえたように思い、リコちゃんは顔をあげました。きつねの大きなしっぽが見えたような気がしました。

「今日は元旦です。年の始まりのおめでたい日を、一緒にお祝いしましょう」

「明けましておめでとうございます。よい一年でありますように」

初めて会った人たちなのに、古くからの友人に会っているような、懐かしくて温かいものをリコちゃんは感じました。

イトさんが床の間のおせち料理を座卓に運んで、三段重のふたを取り、三つのお重を横に並べました。

リコちゃんは身を乗り出しましたが、着物がぴっちりしているので、また前に転びそうになりました。部屋のすみに座ったイトさんが、目を丸くして首を横に振りながら笑っていました。

重箱には、笹で仕切られて隙間《すきま》なく料理が詰まっています。ひとつひとつに願いがこめられた、手間ひまをかけたごちそうです。

三段重には、おめでたいことを重ねるという願いが込められています。

一の重には、祝いの三種が入っています。数の子は子孫繁栄を願い、田づくりは豊作を祈願し、黒豆は健康を願ってマメによく働くようにという意味を込めています。

「語呂《ごろ》合わせだね」

とライオンが面白そうに言いました。

二の重は酢の物。菊花かぶ、栗きんとん。

三の重には、お煮しめと焼き物。三が日の間ずっと食べられるように、しっかり濃い目の味つけにしてあります。

かむとこりこりと音がするほど食材が固いのですが、よくかめばかむほど、味がじんわりと奥深く味わえます。ゆっくりとお腹が満たされていきました。

「ごちそうさまでした」

「今宵《こよい》は楽しゅうござった。これからの道中、ご無事でありますように」

殿様がゆっくりとした口調で言いました。

第七話

オアシスで、世界のお茶

どこまでも続くなだらかな砂丘を歩いていました。草ひとつない丘のゆるやかな曲線が続いていました。

「のどが渇いてきたね」

小鳥が、少し上空へ飛んで様子を見てくれました。

「この先にオアシスがある、と言っているよ」

とライオンが教えてくれました。

オアシスには、地面のくぼみにうっすらと水たまりができていて、その周りには、緑のじゅうたんのような草むらが広がっています。水分を補給するために、たくさんの人や動物たちが集まっていました。

その先にある休憩所の「いっぷく庭」には、丸いテーブルと椅子がいくつも並んでいて、テーブルに敷いてある白いテーブルクロスのすそが風に揺れていました。

「すてきな場所ね」

リコちゃんはライオンに微笑みかけました。小鳥はリコちゃんの肩の上でぴょんとジャンプしました。

いっぷく庭の入り口には、飲み物の説明が書いてある看板がありました。看板の下にある籠《かご》には、「アマレ」という目の覚めるような青いお花が入っていました。

「これは、花びらが星形の小さなお花だね」

「そうね、オアシスだけに咲くお花なのね」

籠の横には、さまざまなコップが雑然と積み上げられています。どうやら自分でコップとアマレの花をテーブルに持っていくようです。

リコちゃんたちは、コップとアマレを持って空いたテーブルを探しました。

世界中から集まっている旅人たちは、大きな荷物をテーブルの横に置いて、おしゃべりをしていました。

リコちゃんは、奥のほうのテーブルに座りました。白いテーブルクロスの上にコップを置き、真ん中にあるガラスの花瓶の中に、青いアマレの花をすっと挿しました。

「花に話しかけるのよね？」

とライオンに確かめました。こくりとライオンと小鳥がうなずきました。

リコちゃんは、椅子に座りなおして花を真正面から見つめると、

「緑茶をお願いします」

と、きりっとした声で言いました。するとコップの中が、たぷんたぷんと波打ちながら、緑色のお茶でいっぱいになりました。

「すごい！　緑茶だわ」

コップを両手で持って、ごくりごくりとのどを鳴らして飲みました。

「ふう〜、おいしい」

隣で、ライオンも、小鳥も、静かにお茶を飲み始めました。すると、

「すみません、一緒のテーブルに座ってよろしいですか？」

と背が高く、黒くて大きな荷物を持った男が声をかけてきました。

「どうぞどうぞ」

背の高い男が花瓶にアマレの花を挿すと、マグカップの中には、赤茶色のお茶が波打ちました。やわらかい風に乗って、紅茶の香りが広がりました。

「いい香りですね」

「紅茶の香りは遠い故郷を思い出します。ふう〜、休まりました」

背の高い男は紅茶を飲みながら、穏やかに言いました。

あちこちから聞こえる旅人たちのいろいろな言語の和やかな話し声や笑い声が、風に乗り、さらさらと心地よい音になっています。

そして、それぞれのテーブルに置いてあるたくさんのコップが、話し声に耳を傾けているようでした。

「世界には、いろいろな人がいるのね」

「いろいろな国があるんだろうね」

向かいのテーブルの、風船のような髪形のご婦人と目が合うと、にこっと微笑んでくれました。

そのとき、隣のテーブルに、どかどかと足音させて、大きな金ぴかの靴

を履いた男が座りました。男はこの暑さの中、上着のボタンを全部ぴっちりとめています。後ろには、コップと大きな荷物を持った二人の家来《けらい》を従えています。

テーブルに座り、家来がコップを置くと、金ぴか靴の男は、

「みんなと同じコップは使いたくない。汚れているのではないか」

と叱るように家来に言いました。家来のひとりが申し訳なさそうに、

「きちんと洗ってあります。この先は、お茶が飲める場所がないので少しの辛抱《しんぼう》をお願いします」

と頭を下げて言いました。

アマレの花を花瓶に挿すと、コップに薄茶色のお茶がたぷんたぷんと入りました。お茶を見た途端、男はコップを手に取り、ガブガブと飲みました。

「ふぅ〜うまい。この茶がいちばんだ」

とうれしそうに言いました。家来たちはホッとした表情を見せて、一緒にお茶を飲みました。

金ぴか靴の男はお茶を飲み終えると、周りを見回して、怪訝《けげん》な顔をしました。

コップのお茶を、首からかけている小さなスプーンで飲んでいる人たちがいます。その隣の人は、コップのお茶を手に移して飲んでいます。

「変な飲み方だ。間違ってるぞ」

と隣のテーブルの人たちを指さして言いました。

「無礼《ぶれい》な飲み方はやめろ」

隣の人が言い返しました。

「スプーンで飲むのは正しい飲み方だ。手で飲むやつこそ無礼者だ」

「手で飲んで何が悪いのですか？　器より手のほうがきれいに飲めます。私の国では、王様も手で飲んでいます。王様を侮辱《ぶじょく》しないでください」

悪口が、どんどん人から人へ伝わっていきます。

飲み方の違いから始まった言い争いは、いつのまにか、お茶をめぐる争いになりました。

「世界でいちばんおいしいのは紅茶だ」

「いや、緑茶に決まっている」

「いや、ウーロン茶のはずだ」

とオアシスの人たちの間に、激しい口調の言葉が飛び交います。

「みなさん、どうかけんかはおやめください」

一緒のテーブルに座っていた、背の高い男が言いました。身振り手振りをまじえて一所懸命に説明を始めます。

「お茶は、もとは一本のお茶の木からできています。紅茶もウーロン茶も、緑茶も、もともとは同じ葉っぱなのです」

とバッグから取り出したお茶の葉をテーブルに並べました。

「同じ木から取った葉ですが、その後の加工のしかたで味が変わるのです。発酵させたり、蒸したりすることで、それぞれ異なる色や香り、味になるのです」

「これが全部、一本の同じ木からできているの？」

リコちゃんは並べられたお茶の葉を見て驚きました。紅茶、緑茶、ウーロン茶、抹茶、ほうじ茶、プーアール茶。くねくね曲がっていたり、枝のようだったり、形もさまざま。色も黒や茶色や緑とさまざまです。

「味も飲み方もそれぞれです。その違いを味わってみてはいかがでしょうか」

リコちゃんは思わず大きな拍手をしました。パチパチと手をたたく音は、どんどん広がっていきました。そして再びお茶の香りが、オアシスに広がるかと思われました。


ところが、気がおさまらないのが、金ぴか靴の男でした。

「何を言っている、私こそが正しい。間違ってなどいない！」

と言って、大きな音をたてて立ち上がりました。またしても重たい空気が流れ始めました。隣のテーブルから、スプーンを首からかけた男が立ち上がり、

「いいかげんにしろ、このやろう！」

と金ぴか靴の男に飛びかかりました。

「やめてください」

背の高い男が止めに入ったのですが、胸をつかまれ、テーブルに突き飛ばされました。

その拍子に割れたコップの破片が、アマレの花にとまっていた色鮮やかな蝶《ちょう》の羽に突き刺さりました。リコちゃんは、あわてて蝶に手を伸ばしましたが、蝶はよろよろと草のじゅうたんの上に落ちました。

すると、蝶が落ちた場所の草が、ぶるぶると震えるように揺れ始めました。その揺れは円を描き、どんどん広がっていきます。

やがてその揺れは、木に伝わっていきます。木にとまっていた鳥たちがいっせいに空へ飛び立ちました。木が枝を揺らし、幹が揺れはじめると、風が起き、その風がどんどん強くなっていきました。

激しい風が動物たちに吹きつけます。象、ラクダ、シマウマ、バッファロー、モロクトカゲ……ライオンが手足を地面にドンドンとたたきつけて、動物たちに「騒がないでくれ」と合図をしました。

しかし、とうとう動物たちが暴れだして、地面の揺れはやがて地響きとなりました。遠くのほうで地面から砂が舞い上がり、細い竜巻が立ち上がりました。

砂丘のあちこちから生まれたいくつもの竜巻がひとつになって、巨大な赤い竜の姿になりました。

「もう止められない！」

「あの赤い竜が、こちらに近づいてくるわよ！」
ひとりの女性が遠くを指さして言いました。背の高い男が、

「みなさん、テーブルの下に入って！　テーブルの脚にしっかりつかまっていてください！　危険です！」

と叫びました。みんなはテーブルの下に急いで入りました。

しかし、けんかをしている人たちは、周りで起きていることに気がつきません。

地面が揺れて、冷たくて強い風が吹き、立っていられません。

胸元が開いた洋服を着ていた女性は、大きな胸がぽろんと見えてしまいました。気がついた女性があわてて手で隠しました。リコちゃんは、頭に巻いていた大きなスカーフを取って、急いで女性に渡しました。

「ありがとう」

と女性は胸に巻きつけて、テーブルにつかまりました。

リコちゃんは風に飛ばされそうになりながら、小鳥をポケットに入れて、しっかりとテーブルの脚につかまりました。ライオンは、飛ばされないようにリコちゃんを腕の中に包みました。

ゴー、ゴー、と大きな音とともに、砂が強く吹きつけました。リコちゃんは目と口をぎゅっと閉じて頭をかがめました。

そして、ついに竜巻の赤い竜がオアシスにやってきました。空高く舞い上がる強大な砂嵐は、金ぴかの靴も、旅人たちの持ち物も、すべてを空高く、宙に吹き飛ばしました。

そして、すべてをさらった後に、赤い竜は空の彼方《かなた》に姿を消しました。

お茶の香りが漂っていたオアシスが、一瞬にしてなくなってしまいました。きっと自然を怒らせてしまったのです。

リコちゃんとライオンと小鳥は、「無事でよかった」と顔を見合わせました。

金ぴか靴の男は、自慢の靴を竜巻に吹き飛ばされてしまいました。家来たちは無言で、靴をなくした王様から離れていきました。

殴り合いをしていた男たちは地面にぺたりと座り込み、ぼーっと地面を見ています。

少しずつ女性たちが起き上がり、次に子供たちが起き出して、声をかけ合い、お互いの傷を確かめて助け合いました。

スプーンを首からかけた男は、

「おー！　何もなくなった。絶望だ！」

と頭を抱えこみました。そこへひとりのおじいさんがやってきて、男の前に立ちました。

「絶望ってね、持ち物がなくなることじゃないさ。助け合っている人たちを見てごらん。確かに何もないけれど、あれが絶望に見えるかね？」

男の目から涙が流れました。

「なくなったものを惜しんでいる時間はないよ。みんなで力を合わせよう」

おじいさんは男の肩をぽんっとたたきました。リコちゃんもライオンも小鳥もうなずきました。

みんなは、飛ばされずにすんだものを持ち寄り、一か所に集めました。早くにテーブルに隠れた人のポケットからは、いろいろなものが出てきました。

方位磁石や鉛筆、小さく折りたたんだ地図、裁縫《さいほう》道具、食べかけのリンゴなどが集まりました。

地図を広げていまの場所を確認し、みんなで話し合いました。

「今日は、移動しないで、明日まで待とう」

やがて大きな夕陽が落ちていきました。

「この先、どうなるのかしら？」

女性や子供たちは心細くなってきました。

そんなときに、リコちゃんのスカーフを胸に巻いている女性が静かに立ち上がり、

「らら～ら、びゅぅ～うぅ～」

と歌を歌い始めました。その女性は歌手だったのです。透き通った、力強い歌声はまるで楽器のようにきれいな音を奏《かな》でます。ときには低く砂の表面を走り、ときには空高く舞い上がり、オアシス中に響き渡りました。

別の誰かが小さな声で、女性に合わせてリズムをとりながら歌い始めました。歌声は次第に増えていきました。

つぎつぎと声を合わせて、誰ともなく隣の人と手をつなぐと、丸い円ができました。ライオンはしっぽでトントンとリズムを取り、小鳥は円の上を飛び回りました。

空に浮かぶ三日月がやさしい月明りを放ち、みんなの顔を照らしてくれました。砂漠の砂も歌声を聴いているようでした。人の歌声や言葉にはふしぎなパワーが宿ります。

「金ぴか靴の男がひとりで座っているわ」

とリコちゃんが振り向くと、隣にいた家来が言いました。

「腹ぺこで、動けないのでしょう。王様は、はじめて自分の国から出た旅でした」

家来の横にいたひとりの少年が、ポケットに手を入れてガサガサと何かを探しました。そして、すみで座りこんでいる金ぴか靴の男の前に行き、グーの手を差し出しました。

金ぴか靴の男は、少年をゆっくり見上げました。少年が小さな手を広げると、割れたビスケットがのっていました。少年は手を差し出したまま、にっこり笑いました。

金ぴか靴の男は、そのビスケットのかけらをそっとつまみ、口に入れました。大きな涙があふれて砂の上に落ちました。

「私は何も知らなかったのか。正解はひとつではない……」

涙が頬を伝わり、つぎつぎと地面に落ちていきました。何もかもをなくした王様の目に、はじめて周りの景色が色鮮やかに映りました。

一夜が過ぎて目が覚めると、昨晩まではなかったはずの新しい水たまりができていて、そのほとりに白いカサカサの木が一本立っていました。そして、いくつかのコップも出てきました。

リコちゃんが、コップを持って木の下に行きました。木の根が地面に深く深く張っていますように。

「お願い、飲み物をください」

とウインクすると、木の枝の先から、ポタン、ポタンと透明な水が落ちました。

みんながカサカサの木に集まってきました。枝の先からゆっくり落ちる水が、コップの中に溜まっていきます。

おじいさんが、

「これは安全な水だろうか？　私は年寄りだから、みんなよりも先に毒見に飲んでみましょう」

と言って水のにおいを嗅《か》ぎました。

「よし、大丈夫」

ゆっくりコップに口を近づけました。ごくり。みんなの視線が、おじいさんの顔に集まっています。

「よし、うまい！」

左手を大きく上げて言いました。割れんばかりの拍手が起こりました。

「みんなで順番に飲みましょう。ありがたい、ありがたい。私たちは水がなければ、生きていけない」

誰もが水に心から感謝しました。おいしい、おいしいと、さまざまな国の言葉が飛び交います。

「言葉は違っても、おいしいと思うものは、みんな同じじゃないか」

とおじいさんが言って、大きなジェスチャーをしました。

「あははは」

と笑顔が広がり、みんなで抱き合ってよろこびました。このときの水のおいしさは、そこにいた誰もが、生涯忘れることはないでしょう。

「この広い世界で、いつの日かみんながまた出会い、一緒に心を震わせるときが来たら、すばらしいことだわ」

リコちゃんのペンダントの七個めのダイヤモンドが光りました。

砂の中に埋もれていたテーブルを、金ぴか靴の男が取り出していました。そっと家来が近づき一緒に手伝い始めました。そしてテーブルと椅子の砂をきれいに払い、みんなで並べました。

カサカサの木から、青いアマレの花が咲き出しました。

そして、それぞれに好きなお茶を飲みました。リコちゃんのコップには、ウーロン茶が入っています。

「ふぅ〜おいしい。お茶を飲むとホッとするのも、みんな一緒ね」

リコちゃんは、さまざま香りが混ざり合う心地よさを感じていました。

第八話

妖精の国で、一杯のワイン

リコちゃんとライオンと小鳥は、こんもりとした森に包まれた山のふもとに到着しました。夕暮れどき、何人もの人がひとり、またひとりと山に向かって歩いていきます。

リコちゃんの肩に乗っている小鳥が、山の方向に向かって何か言いました。

「この先に何かあるようだ」

ライオンが首を大きく振って言いました。

みんな帽子を被ったり、綺麗《きれい》な色のワイシャツを着たりと、さりげないおしゃれをして歩いています。

「みんなどこへ行くのかな？」

リコちゃんはわくわくしてきました。

どうやら、みんなの行き先はワインの森のようでした。この国では、大人は仕事が終わるとグラスに一杯のワインを飲むことができるというのです。

「この国の大人とは、どんな人のことをいうのだろう？」

とリコちゃんは思いました。

大人たちは、森について多くを語りませんが、森へ向かうときはみんな一様にうれしそうなので、子供たちは大人になるのを楽しみにしています。

「ワインの森へ行ってみたいな」

でもリコちゃんはまだ子供。リコちゃんは歩いていく人たちを、じっと腕組みをして見ていました。

「リコちゃん、大人になるまでここで暮らしてみる？」

とライオンがからかいました。

「んーー！」

「とりあえず森の入口まで行ってみようよ」

みんなで歩いていきました。歩きながらリコちゃんは、自分の洋服と、ライオンと小鳥の毛並みを整えました。

森に近づくと街の音が静かになり、深い緑に包まれた、澄んだ空気を感じました。

ワインの森の入り口には、二本の大きなむらさき色のチューリップが咲いていていて、それが門になっています。チューリップの下には、黒いベストと蝶ネクタイをしたバッタが立っていました。

「こんにちは。私たちも中に入れてもらえませんか？」

「残念ですが、この門の中に入れるのは大人と認められる人だけなのです」

「大人って、どんな人ですか？」

「それは……」

リコちゃんはバッタに、自分たちが旅をしていることや、どうしても森の中へ入ってみたいことを話しました。

バッタは、リコちゃんの話をじっと黙って聞いていました。バッタは、きらりと光ったリコちゃんのペンダントに気がつくと、門の間を行ったり来たりと歩きました。

そして、黒い蝶ネクタイをピンと引っ張ると小さな声で言いました。

「森の妖精《ようせい》になって、森に入ってみませんか？」

「妖精？　妖精になれるの？」

リコちゃんは目を大きくして聞き返しました。ライオンと小鳥は、耳を大きくして、心配そうに話を聞いています。旅って、一体何が起きるのかわからないものですね。

バッタがトントンと、むらさき色のチューリップの太い茎をノックしました。すると大きな花びらがふわりと開きました。空に向かってチューリップが笑っているみたいだなとリコちゃんは思いました。

茎がゆっくりと曲がり、入り口が開きました。リコちゃんはライオンと小鳥に手を振り、

「行ってきます」

とくるりと向きを変えて、花びらの中に入って行きました。

花びらはすぐに閉まり、茎がまっすぐ元どおりに伸びていきます。ライオンと小鳥は、心配そうにチューリップの花を見つめました。

すると、ゴソゴソっと花の中が動いているように影が見え、再び花びらが開きました。その中から、小さくなったリコちゃんが虹色の羽をつけた妖精になって、よろよろと空中を飛んできたではありませんか。

「なんじゃこりゃ！」

と声を上げて、羽と手足をバタバタとさせています。門番のバッタが下を向いてクスッと笑っています。

リコちゃんはライオンの背中に乗りました。これなら安心。

「人間だということは、秘密にしてくださいね」

バッタと約束をしました。

「行ってらっしゃいませ」

ライオンの背中に乗ったまま、リコちゃんは小鳥と一緒にワインの森の門を通過することができました。

「すごい。ワインの森に入ることができたね」

「森まで来た甲斐があったなあ」

「相談してみてよかったね」

ライオンと小鳥も一緒に大よろこびしました。

「ところで、うまく飛べるかな？」

妖精になったリコちゃんは手足や羽を動かしてみました。楽しそうにライオンの背中の上で練習していると、小鳥が上から見てピピピッと鳴きました。ライオンからは見えないけれど、リコちゃんの姿を想像してにんまり笑いました。

進んでいくと、たくさんの妖精が集まっている広場に着きました。妖精はみんな、小さな体に虹色の羽がついています。広場中に妖精の羽が広がり、太陽の光を浴びてキラキラと輝いています。

「きれいね。妖精って本当にいるのね」

リコちゃんはライオンの背中からなんとか滑り降りて、妖精たちの中に混ざりました。ひとりで飛ぶ練習をしていると、

「なんて不格好《ぶかっこう》なのかしら。みっともないわね」

と、リコちゃんを見て、ひそひそと話している声が聞こえてきました。

リコちゃんはライオンの背中に戻り、

「妖精になるのも大変ね」

とため息をつきました。

「大丈夫だよ、焦らなくても。どんな妖精だって、最初から飛べたわけじゃないと思うよ」

「そうかな。うん、きっとそうよね」

リコちゃんは、今度は妖精たちから少し離れたところで、またひとりで

飛ぶ練習を始めました。

するると、ゲラゲラと笑い声が聞こえました。振り向くと、ひとりの妖精が木の枝に座ってリコちゃんを見ていました。

「あなた、面白い飛び方ね。もしかして、人間だったんじゃない？」

と聞きました。リコちゃんが答えられずにいると、

「きっと、すぐに飛べるようになるわよ」

その妖精はひらりと枝から飛び降りながら、気軽に言いました。

「ありがとう。でも手を動かすと羽がうまく動かないし、羽を動かそうとすると、手がうまく動かないのよ」

「そう、なるほどね」

妖精は、自分のおしりをさっと払ってリコちゃんに近づいて言いました。

「大丈夫。私が教えてあげるわ」

リコちゃんの手を取ると、羽の上手な使い方や、手足の動かし方を教えてくれました。

「いままでと体の使い方を変えるだけ。そう、いい調子！」

妖精は、リコちゃんの体や心の動きをよく見ていました。リコちゃんは練習が楽しくて、いつのまにか夢中になっていました。

木の枝にぶつかって跳ね飛ばされても、まるで何もなかったように練習を続けています。そんなリコちゃんを見てライオンは、

「まっすぐ前にしか進めない子だな。まるで野生だ！」

とぽつりと言いました。妖精も、

「あなた、たくましいわね！」

と笑いました。そうこうするうちに、ようやく少しだけ飛べるようになりました。

「あっ！　いま飛べたわ！」

「やったわね！　練習すれば必ず飛べるのよ」

妖精は星のステッキをリコちゃんに渡しました。

「合格よ。もうあなたは、行きたいところに飛んで行けるわ」

ほかの妖精たちも集まってきました。まだおぼつかない飛び方のリコちゃんを、やさしく支えてくれました。


妖精になったリコちゃんは羽をキラキラと輝かせながら、ライオンの背中に乗って、小鳥と一緒に森の奥に入って行きました。

しばらく進むとひんやりとした洞窟《どうくつ》の入り口があり、奥に長く部屋が続いていました。壁の穴には、ワインボトルが一本ずつ横になって並んでいます。その先で、カマキリがワインのラベルを磨いていました。

「こんばんは」

「やあ、新人さんだね」

カマキリはワインの説明をしてくれました。

「ボトルに貼ってあるラベルは名札のようなもので、材料の葡萄《ぶどう》の種類や育った土地、つくられた国名が書いてあるんですよ」

「ワインはボトルの中でゆっくりと眠りながら熟成しているのよ」

近寄ってきた妖精が言いました。

「ほら、ボトルにさわってみて。歴史や味わいがわかるわよ」

「不思議ね、さわるだけでわかるの？」

「そう、私たちは人間よりずっとワインには敏感なの」

たしかにボトルやグラスに触れるだけで、葡萄をつくった人たちの姿や、ボトルに入れてコルクを閉めた日からの長い月日が感じられました。

「さあ、飲んでみて」

妖精が小さなグラスに赤いワインを入れてくれました。酔っぱらってしまったら大変と思いながらも、リコちゃんはひと口飲んでみました。

「おいしい！　酸味がエレガントで長い余韻《よいん》があるわ」

ライオンと小鳥が、びっくりした顔でリコちゃんを見ています。

「そう。妖精にはワインの本当の味がわかるの。酔うことはないから、大丈夫。

一日を終えた人間に、その日の一杯のワインをプレゼントするのが、私たち妖精の役目なの。難しいけれど、やりがいがあるわ」

妖精は、うれしそうに言いました。

チューリップの入口で、ひとりの男性が、

「こんばんは」

と言って、一度深くお辞儀《じぎ》をしてから森に入って行きました。門番のバッタにコインを一枚もらっています。

男性は滝が落ちているのが正面に見えるテラスに座りました。水が滝壺《たきつぼ》に落ちる音が心地よく聞こえます。

「ホーホケキョ、ホケキョ」

うぐいすの美しい歌声が聞こえました。男性は、テーブルにコインを置きました。

木の上からそれを見ていた妖精が、星のステッキを横に振りました。すると、テーブルに赤ワインの入ったグラスが現れました。

男性は、ワインをひと口飲むと、今日出会った人たちのこと、家族のことを考えました。

「うまくいかないものだな」

と腕を組みました。

リコちゃんは、

「この人は、今日一日、朝からがんばって働いていたのね」

と感じました。妖精になったリコちゃんには、ワインを飲んでいる男性の心の中がわかったのです。

妖精が、もう一度、星のステッキを横に振りました。男性のグラスの中に、キラキラした小さな光が注ぎ込まれました。

「ワインの力強さを感じてもらいたいわ」

妖精が言いました。

男性には妖精の姿も、星のステッキから注がれた光も見えないようでした。そして、ゆっくりとワインを飲みました。

このワインの材料となった葡萄は、昼は温かくて夜が冷える、気温の差が大きいところで育ったものです。強いストレスを感じて育った葡萄は、力強いおいしさのワインになります。

「うまいな」

ワインから太陽と大地の力強いエネルギーを味わって、男性の気持ちがだんだんほぐれ、明日からもがんばろうと思っていることが、リコちゃんにも伝わりました。リコちゃんは男性の背中を、しばらく見ていました。

次にカップルのテラスに行きました。座っているのは老夫婦です。

「今日は、五十回目の結婚記念日だね」

と二人はテーブル越しに目を合わせました。お互いに一緒に暮らしてきた長い年月を振り返っていました。

カマキリが、大きくカーブしているグラスを二つとワインボトルを持ってきました。

「こちらは、お二人がご結婚された年につくられたワインです」

と言って、お城が描いてあるラベルを見せました。

「はい、お願いします」

老夫婦がうなずくと、カマキリがボトルのキャップシールを開けて、コルクの中にクルクルとハサミを入れました。そっとコルクを抜くと、小さな音がもれて、ボトルの中に新しい空気が入ります。ワインは、五十年間の眠りから、ゆっくりと目を覚まし始めました。

リコちゃんは、二人とワインが過ごした五十年を、自分も味わうかのように大きく息を吸いました。そして老夫婦のために心をこめて、星のステッキを振りました。

二人はグラスを傾けてワインの色を確かめ、グラスから立ち上がる香りを楽しみました。ゆっくりと口に含むと、味わいが変化していきます。

「私は長い間、悪い思い出ばかりの人生だと思っていたけれど、そうじゃなかったわ。

このワインを飲んで思い出しました。楽しいこともたくさんあった五十年でした。あなたはどう？」

「そうだな、いろいろなことがあったな。このワインのように味わい深く生きていこう。これからも、よろしくな」

人は長い時間を一緒に過ごしても、まだまだ相手のすてきなところを発見し続けます。

「乾杯《かんぱい》、ありがとう」

妖精とリコちゃんは、木の枝に並んで座って、老夫婦の会話を聞いていました。

二人が飲んでいるワインは、いったいどんな味わいなのかしら？　と思うと、リコちゃんの胸がキュンと熱くなりました。

空がうっすら明るくなり始めたころ。ライオンが、

「この先のテラスが騒がしい雰囲気だよ」

とリコちゃんに伝えに来ました。

若い男女が五人でテーブルを囲んで、コップに入ったワインをカジュア

ルに飲んでいます。

きりっと冷えた白ワインが入ったグラスは、周りがうっすらと曇っています。何人かのグラスには、まだ半分ほどワインが残っていました。

「今日のワインは水っぽくておいしくないわ」

とひとりの女性が言いました。

「俺は好きだけどな」

「私は今日、いまの仕事が自分に合っているのかどうか、わからなくなったわ」

「合わないなら、やめたらいいじゃないか」

「そんな簡単な話じゃないんじゃない？」

五人の会話が少し熱くなって、ちょっとだけ、ピリピリとした空気が流れていました。

ワインとの出会いはその瞬間ごとに違います。その日の体調や気持ちの小さな変化で、味わいが異なって感じるものです。

「気まずい雰囲気になってきたぞ。お酒を飲むと、言えなかった弱音がぽろりと出たりするんだな。リコちゃん、何とかできないのか？」

「そうね、どうすればいいのかな？」

リコちゃんはテーブルの白ワインを見ながら悩んでいましたが、思い切ってテーブルの近くまでいき、ステッキを上に持ち上げました。

「ちょっと待って」

と隣にいた妖精が止めました。再びワインを飲んだ男性が、

「このワイン、学生のころにみんなでつくったワインの味に似ていないか」

と言ったからです。

「そうだな、若草のようなさわやかさで、おいしかったな」

「あはは、懐かしい。思い出すわね」

「みんなで葡萄畑へ行って、腰が痛くなるまで葡萄を摘《つ》んだよな」

「葡萄畑が急な斜面にあったから、最後に足を滑らせて君が葡萄の箱をひっくり返したんだ」

「そうそう、失敗してみんなですごく怒られたんだった」

「あのとき怒っていたおじさんは元気かな？」

学生時代にみんなで一緒に葡萄畑で働いた思い出が、一瞬にしてよみがえりました。

五人の笑い声がひとつになって響きました。そして、みんながワインのグラスを手にとり、ゆっくりと味わいました。

「あのころから、十年が経《た》つのね」

「みんなで、よく将来のことを語り合っていたよな」

「そうね、あのころの気持ちがよみがえってきたわ」

「よし、乾杯しよう」

みんなでグラスを合わせました。


「友だちっていいものね」

「そして、その人が求めているワインが必ずあるのよ」

リコちゃんは、妖精ってすごいなと感心しました。

ライオンが妖精に話しかけました。

「でも、さっきみたいにお酒のせいで雰囲気が悪くなることもあるんじゃない？」

「そうね。お酒を飲むと誰でもリラックスして、言えなかった本音がぽろりと出たりするわ。でも話すことで、相手のことを知るきっかけができるの」

「一杯のワインから会話が生まれるのね」

リコちゃんは、この森には大人しか入れなかったことを思い出しました。

そうか、だからお酒は大人しか飲めないのか。

大人とは、ありがとうという感謝の気持ちを持てる人のことなのだと感じました。ペンダントの八個めのダイヤモンドがきらりと光りました。

「私も大人になって、必ずワインを飲むわ。きっとそのとき、私のそばにはワインの妖精さんがいるのね。絶対に忘れない」

リコちゃんの言葉を聞いた小鳥はうれしくなって飛び回り、ライオンはしっぽを地面に、ぽんと打ちつけました。

第九話

病の国で、かぼちゃのスープ

リコちゃんとライオンと小鳥は、背の高いひまわりが立ち並ぶ畑に迷い込みました。見上げると、大きな花が咲いていて、黄色い花びらの隙間《すきま》から空が見えました。

道には矢印が出ていて、右か左を選んで進んでいくのですが、同じようなひまわり畑が続いているので、どこを歩いてきたのかわからなくなりました。

「何度もこの道を歩いた気がするな」

「さっきの角は、左に曲がればよかったかな？」

「立ち止まって考えてみよう」

足を止めると空から小雨がしとしとと降り始めました。リコちゃんは困ったなと思って、ひまわりの下に入って雨をよけました。すると、ひまわりたちが、ざわざわとして、

「雨だわ、恵みの雨が降ってきたわ！」

とささやいている声が聞こえてきました。目の前に、いままで見えなかったクモの巣が、銀色に輝いたハンモックのように現れました。

リコちゃんたちがハンモックに座ろうと腰をかけると、お尻がクモの巣にくっついて、そのままぐるぐるに包まれてしまいました。

はっと気がつくと、リコちゃん、ライオン、小鳥は真っ白な壁の中にいました。どうやらクモの巣が入り口だったようです。

「こんにちは。私たちがこの国の王、ヘモンとグロンです」

赤いドーナッツ形の体をして、黒い靴を履いている二人の王様があいさつをしてくれました。

「ここは、何の国ですか？」

リコちゃんがあわてて聞きました。

「病《やまい》の国です。私たちは病気をしている人が元気になるための、お手伝いをしています」

奥の部屋から、ドスンという音がして、部屋をのぞき込んでいたドーナッツ星人たちが重なるように出てきました。

「えへへへ」

「すごいぞ、すごいぞ」

と声が上がりました。ライオンや小鳥の姿を見るのが初めてなので、様子を見に来ていたようです。

「すみません」

とヘモンさんが頬をなでながら謝りました。

ヘモンさんは体の血液を守るドクターで、グロンさんは心を守るドクターです。リコちゃんたちそれぞれに、メガネを渡してくれました。

「左のレンズで血液の流れを、右のレンズで心を見ることができます」

「まさか。心は目に見えないものだよね」

ライオンがお手上げだと両手を広げました。

「そうです。人間には目に見えない大切な心があります。いや、生き物すべてに心が存在しています」

とグロンさんが左胸に手を当てました。

「心は感情を生み出しています」

リコちゃんも、ライオンも、小鳥も、胸に手を当てました。

「ぜひ、メガネをかけてみてください」

「あれ？　ライオンと小鳥がいないわ」

「ここにいるよ。リコちゃんはどこにいるの？」

「あれ？　声は聞こえるけれど、姿が見えないわよ」

「何が起こっているんだ？」

「まあ、あわてずに」

とグロンさんが言いました。

「人間からは見えないように、いま私たちは透明人間になっています」

「透明人間？」

みんなの声が揃いました。頭の上にはてなマークが出て、しばらく沈黙が流れましたが、ヘモンさんがていねいに説明してくれたので、状況が少しずつ理解できてきました。

病の国では、ヘモンさん、グロンさんたちは、人間からは見えない姿になって、病気の人たちを助けているのです。

まず、少年がいる病室に行きました。楽しそうにテレビを見ています。

「コンコン」

とドアをノックする音がしました。

「回診です」

ドタドタという足音がして、十人ほどの白衣を着た先生たちが入ってきました。ベッドを囲み、少年をみんなで見ています。

いちばん前を歩いてきた女性の先生がカルテを見て、

「ご飯は食べられたかな？」

ときびきびした声で聞きました。少年はテレビをチラリと見ながら「少し」

と小さな声で答えました。

「いっぱい食べなきゃ治らないわよ」

そう言うと、ドタドタとカーテンを揺らして部屋から出ていきました。

少年は小さな手をぎゅーっと握りました。

リコちゃんは、ヘモンさんに言われたとおりにメガネを通して、少年の体の変化を見てみました。少年の心がぎゅっと固くなっているのがわかりました。やがて呼吸が浅くなり、血液の流れが悪くなりました。少年は体が寒く感じて、布団の中にもぐりこみました。

しばらくすると、少年は大好きな携帯型のゲームを始めました。

「ここは、言葉を見つけて、アイテムを手に入れないと」

携帯ゲームのボタンを連打すると、言葉と言葉がつぎつぎにつながっていきます。するとさっきまで流れの悪かった血液が、だんだんと巡りはじめました。勢いのついた血液は手足のすみずみまで届きます。

「本当だわ。心臓の場所にハートの形をした心が見えるわ」

「血液の流れも見えるぞ」

「心と血液の流れはつながっているのね」

「よかった。体が温かくなっていくね」

「好きなことをするということは、どんな薬よりも効果を発揮することがあります」

とグロンさんが微笑みながら言いました。


次の部屋に行きました。ひげ面の男が頭を抱えてつぶやいています。

「まさか俺が病気になるなんて！　なぜ病気になんかなったんだ」

いきなり手の平でテーブルの上を振り払いました。テーブルに置いてあったメロンが落ちて、ゴロゴロと転がり大きくひびが入りました。部屋に甘い香りが漂いましたが、男は気がつきません。

「なぜ俺だけが……」

メガネを通してみると、うつむいて言葉をかみしめている男の心は、固くぎゅーっと縮んで青くなっています。

「コンコン」

回診の女性の先生が来ました。部屋のすみに転がっているメロンを見て、

「がんばってくださいよ、父親でしょう」

と言いました。男は何も言わずに顔を背《そむ》けました。

「俺の気持ちは誰にもわからない」

と頭を抱えました。

ひげ面の男の様子を見ていたライオンが言いました。

「言葉って難しいな。励ますつもりで声をかけたんじゃないかな」

「そうですね」

ヘモンさんが笑顔で答えます。

「心には扉があって、いま彼の心は扉が開かないほど縮んでしまっています」

とグロンさんが続けました。

「ハートが青くなって、血液の流れも遅くなっているわ」

「これじゃあメロンの香りも、誰の言葉も心に届かないな」

「でも、人は誰でもよくなりたいと思っているのですよ」

続いて三つ目の部屋です。

両目に包帯を巻いている女性が部屋を歩いています。テレビの音楽に合わせて歌を口ずさみながら、お茶を飲もうとコップを探しています。

「たしかここにあったはずだわ。それに冷蔵庫には、おいしいあんみつが入っているはず」

手探りでゆっくりと歩いています。

「あったあった。いただきます」

と言って、あんみつにのった、うずまきのクリームを食べました。

「うわぁ、おいしいわ」

お菓子を持って来てくれた友だちを思い浮かべながら、お茶を飲みました。

彼女の心は、赤いきれいな色に輝いています。

「包帯をしているということは、見えていないんだよな」

とライオンが確認しました。

「まるで見えているように動けるのね」

「人間はすごいな」

ライオンが言いました。

「本来、人の体には、欠けたものを補う機能があるんですよ。目が見えなくなると、耳や指先など体のほかの機能が特別な能力を発揮するんです」

「補うっていう機能は、誰にでも同じようについているのかしら?」

「みんなについています。しかし……」

ヘモンさんが少し口ごもりました。

「困ったことに心の扉が開いていないと、その機能は働かないのです」

四つ目の部屋には、おばあさんがベッドに横たわっていました。

「コンコン」

男性の先生がひとりで回診に来ました。

「ご飯は食べられますか？」

「はい。少しいただきました」

「病院の食事は食べにくいですよね。ご自分の好きなものを食べていいですよ」

「あら、先生。なら私は、おいしいかぼちゃをいただきたいわ」

とおばあさんは笑いました。

先生が部屋を出た後、少しずつおばあさんの体が温かくなっていくのが見えました。ハートの色がきれいな黄色に輝きました。

「心は、安心を感じると色が変わりやすいのですよ」

「先生を信頼しているのね」

雨が降り続いた一日でした。夜になると、ヘモンさんとグロンさんをはじめとしたドーナッツ星人たちのお仕事の時間です。

「ヨイショ、ヨイショ」

「ヨイショ、ヨイショ、ドッコイショ」

大勢でささやかなプレゼントを運びます。少年の部屋には、新しいゲームのソフトをひとつ、リボンをつけて机の上に置きました。

ひげ面の男性の部屋では、床に落ちたメロンをキッチンへ運んで、食べやすい大きさに切って冷蔵庫へ。

キッチンでは、リコちゃんたちの大仕事が始まっていました。いちばん大きなお鍋を用意して、かぼちゃのスープをつくります。リコちゃんとドーナッツ星人たちは、かぼちゃの皮と種を取り、薄く切り分けます。

「かぼちゃは皮が固いわね」

「そうだね、スープをつくるって大変な作業だな」

ていねいに野菜の準備をします。お鍋にかぼちゃを入れて炒め、スープと牛乳を入れてコトコトと煮込んでいきます。

大きな木のスプーンでゆっくりと混ぜると、なめらかなかぼちゃのスープができ上がりました。

「できたー」

リコちゃんはひと口味見をしました。おいしい！　ヘモンさんとグロンさんもひと口飲むと、飛び跳ねてよろこんでくれました。屋上にテーブルを用意して、ライオンが大きなお鍋を運んでいきます。

「あちち、こぼさないようにしなくちゃ！」

運びながらリコちゃんは、みんなの笑顔を想像してワクワクしました。

小鳥はおばあさんの部屋に行き、コソコソとおしゃべりをしています。

「なんかいい香りがするわね。朝起きてからのお楽しみだね」


翌朝、みんなが目が覚ますと、屋上からかぼちゃの甘い香りが病室に漂ってきました。最初に、スープの香りに気がついた目に包帯をした女性が屋上にやってきました。続いて、おばあさんも「おや？」と言って自然に足が屋上に向かいました。

「かぼちゃのスープがあるのかしら？」

「そう。ご自由に召し上がってください、と書いてあるわよ」

「わぁ、うれしいわ。食べずにはいられないわね」

器にスープが注がれました。

濃厚なかぼちゃの香りが広がり、少年も屋上にやって来ました。ひげ面の男は香りがしても、布団にくるまっていました。しかしお腹がグーと大きく鳴り、がまんができなくなってとうとう屋上に上がってきました。

初めて四人が顔を合わせて、一緒にかぼちゃのスープを飲みました。

スープは、口から胃に流れて、体の中へゆっくりと浸透《しんとう》していきます。体に栄養が行き渡るとだんだんと元気になっていきます。みんなの心の扉がゆっくりと開き始めました。

「見て、心の色が変わってきたわ」

「体の中で、病気を治そうとする力になっているのですよ」

「すごい、魔法みたいね」

「体の中には、不思議な仕組みがたくさん備わっています」

メガネをかけたリコちゃんたちには、四人の体の中で起きている変化がしっかりと見えました。

「おいしいわね」

と目に包帯をした女性が、誰にともなく声をかけました。その声の明るさにひげ面の男は少し驚きました。

「うん、おいしい」

ひげ面の男の心が、少しずつ開いていきます。

「質問していいかい？　君は病気をしているのに、なぜそんなに明るくしていられるのだろうか？」

「病気は特別なことだと考える人が多いけれど、私はそれほど特別なことではないと思うの」

「そうだね。病気は、たくさんの人が経験するものだね」

とおばあさんが言いました。

「よく考えてみると、泣いていても笑っていても、同じだけの時間が流れるわ。同じ時間なら、私は笑って過ごしたいと思うの」

「できなくなったことに、イライラしたり、クヨクヨしたりはしないのか？」

「できなくなったこともあるけれど、できるようになったこともたくさんあるもの」

女性はにっこり微笑みました。

「いまはできないことだって、ひとつずつ工夫を重ねると、必ず答えを見つけることができるわ」

「あ、それ、僕がやっているゲームに似ているよ！」

「あはは、そうなの？　新しい発見はいつでもいっぱいあるね」

女性は席を立ち、おかわりのスープを入れて戻ってきました。まるで、見えているかのように、しなやかな動きでした。おばあさんが、ハンカチでさっとテーブルの汚れを拭いてあげました。

「おねえさん、食いしん坊だね」

と少年が言って、みんなが笑いました。

「私は、この年で病気をしたけれど、そのおかげで疎遠《そえん》になっていた友人や家族に会えたのはうれしかったよ」

おばあさんが微笑んで言いました。

「うん、僕のパパもママもお兄ちゃんも、やさしくなったよ。でも……ママは、いつも悲しそうな顔をしているんだよ」

少年は自分が大好きなママを悲しませていることに、心を痛めていました。

「大丈夫よ。あなたの元気は、きっとママに届くはずよ」

と女性が言いました。


その朝、いつもより少し早く病院に来た少年のお母さんは、屋上の壁の後ろでみんなの会話を聞いて驚いていました。お母さんにリコちゃんたちの姿は見えません。四人の会話は続きました。

「大丈夫。家族って、絆という結びつきが、日に日にどんどん深くなるものなのよ」

「ふ〜ん」

「家族は、病気を代わってあげたいと思うのかしらね」

「そうか、家族につらい想いをさせていたのか」

ひげ面の男がため息をつきました。

「もうひとつ聞いていいかな？　病気はこわくないのかい？」

「そうね、病気よりもこわいのは、病気によって心が変わってしまうことかしら」

「心が変わるって？」

「私にとっては、楽しむために生きていると思う気持ちかしら。病気だけではないけれど、思いがけない試練には、神様からのメッセージが隠されている気がするの」

「神様からのメッセージ？」

「病気になったこと、起きてしまったことは、変えられないわ」

「うん」

「でもその環境を受け入れて一歩踏み出したら、神様からのメッセージを受け取ることができると思うの」

「それが、試練には神様からのメッセージが隠されているということか」

「目の前の、自分にできることを明るくがんばって続けていると、ふいに神様から大きなプレゼントが届くの」

「なるほど、病気をそんなふうに考えることもできるんだな」

と男性が微笑みました。

「試練は、時間が解決してくれることもあるわよね」

おばあさんもうなずきました。

「ふ〜ん」

少年が言って腕を組みました。

みんなでかぼちゃスープを、もうひと口味わいました。

テーブルの上の四つの器は、いつのまにか空になっていました。みんなの心の扉が開いて、温かくなっていくのがリコちゃんたちには見えました。

「きれいだな」

ひげ面の男が、ふと目を外に向けて言いました。

病院は、満開のひまわり畑に囲まれています。朝日を浴びて、ひまわりの花が輝いています。

ひまわりは、たくさんの応援してくれる人たちの気持ちで花を咲かせています。太陽に向かい真っ直ぐに花を開き、元気を届けてくれます。

屋上の四人は、ひまわりの黄色くて、やわらかい光を体中で浴びていました。

そしてリコちゃんには、壁の後ろにいる少年のお母さんの心も、明るく花開いていくのが見えました。

遠くの空には、大きな円を描いた二本の虹がかかりました。

「生きるって、どんな意味があるんだろう？」

リコちゃんはつぶやきました。

「生きているとは何かの使命、自分の役割があるということなんですよ」

ヘモンさんが言いました。

「目の前のひとりの人を笑顔にすることも使命なのかな？」

とライオンが聞きました。

「もちろん、そうですよ」

「すべての生き物には命があります。そして、その使命、つまり運命のかぎりをつくしたことを命の寿《ことほぎ》、寿命というのです」

グロンさんが続けました。

自分は何ができるのだろうとリコちゃんは考えました。そのときに、ペンダントの九個めのダイヤモンドが光りました。

メガネを外して、ていねいに返すと、みんなの姿がまた見えるようになりました。

第十話

おもてなしの国で、フルコース

高くて大きな門が目の前に立ちはだかっています。石の門にはびっしりと文字が刻まれています。

「この門は決められた人しか入れないようだよ」

ライオンが門のにおいを嗅《か》ぎながら言いました。

「地図をみると、この先に迎賓館《げいひんかん》があるはずなのに」

小鳥が羽をバタバタとさせて、門の高い場所にある印を示しました。

「あっ！　リコちゃんのペンダントと同じ蹄鉄《ていてつ》の形が書いてあるぞ！」

「ほんとだ！　ここはオリュゾン王国の東門なんだわ。この先に迎賓館があるはずよ」

「とうとう帰ってきたんだな！」

リコちゃんが門の前に立ちペンダントをかざすと、青い光が射し、ペンダントに当たりました。すると、ゆっくりと重い扉が開き出しました。

門の先には、石を敷き詰めた幅の広い道が真っ直ぐ続いています。道の両端には形の整った緑の木々が並んでいて、キラキラと光を反射しています。

一歩ずつ、迎賓館に近づいていきます。迎賓館の手前では、大きな白い馬車とすれ違いました。リコちゃんは振り向きましたが、馬車はそのまま走り去りました。

迎賓館に足を踏み入れると、床は白い大理石で、高い高い天井の、大きな吹き抜けのロビーがありました。

陽が差し込んでいるロビーの中央には真っ白なカサブランカが飾ってあり、大きく開いた花から香りが広がっています。奥に見える庭園には噴水がありました。

シルクのシャツを着た男性と女性が「こちらへ、どうぞ」とドレスルームに案内してしてくれ、リコちゃんたちは食事を楽しむための着替えをしました。

リコちゃんは、旅で古びてしまった洋服から、着心地のよい、やさしいオレンジ色のフレアスカートのワンピースに着替えました。胸には、生花でつくられた小さなブーケをつけます。

ライオンは毛並みを整えて、首元にブーケをつけました。小鳥は羽を磨いて、王冠の形をした花飾りを頭にのせて、ロビーに集まりました。

女性の案内で通されたのは広々とした部屋で、分厚い木のテーブルと、優雅に湾曲《わんきょく》した木の椅子があります。大きな窓は開いていて、この部屋からも庭園が見渡せます。

ふいに、遠くのテーブルに背を向けて座っているおばあさんの後ろ姿が目に入りました。

「ばあば？」

リコちゃんは、席を立ち上がり、急ぎ足で駆け寄りました。

「リコちゃん？」

ばあばは振り向いて、リコちゃんを抱きしめました。


リコちゃんが旅に出た後、故郷のオリュゾン王国には、大きな氷粒のような雨が降り続き、木々が倒れて土地が荒れていきました。動物の餌《えさ》も、人間の食料も、やがてなくなっていきました。

王様はお城の中の小さなシェルターに身を隠しました。荒れてしまった環境に適応できたのは、ワニだけだったのだそうです。

お腹をすかせたワニは、ほかの動物たちを手あたり次第に食べるようになり、どんどん巨大化しました。

人間たちは、ワニを退治しようと攻撃しました。するとワニは、人間も食べるモンスターザウルスになってしまったのです。

ばあばが話す故郷の話は、リコちゃんたちを驚かせました。

「この迎賓館は、高い壁で囲まれているから、ザウルスから守られている。ばあばはここで、食べものを分け合ってお客様をもてなしているんだよ」

ばあばの手を握りしめたリコちゃんの目からは、とめどもなく涙があふれました。ばあばも、ハンカチを出して涙をぬぐうと、

「元気でよかった。何よりもうれしいよ」

と、やさしくリコちゃんを抱きしめました。リコちゃんはテーブルに戻り、

ライオンと小鳥とも抱き合いました。

「みんな、おつかれさま。よく帰ってきましたね。まずはゆっくりと、この国の料理を楽しんでおくれ」

ばあばが、包み込むようなやさしい声で言いました。みんなで椅子にゆったり座り、顔を見合わせました。

奥の部屋の扉が開いて、グラスが運ばれてきます。ボトルの中で泡が立ち上がっている炭酸入りの水が、シュワシュワと音を立ててそそがれました。

小鳥には高さのある底の浅いグラス、ライオンには大きなグラスが用意されています。

小鳥はよろこんで、ゆっくり目を閉じました。リコちゃんとライオンは、砂漠のオアシスでの一夜に、月明りに照らされたみんなの顔を思い出しながら、水のおいしさを味わいました。

「どんなお料理が出てくるのかしら？」

リコちゃんは、ドキドキとワクワクが入り混じった気持ちで胸がいっぱいになり、大きく深呼吸をしました。

扉が開いて一皿目のお料理が運ばれてきました。姿勢のよい三人の男性が、それぞれお皿を抱えて、歩幅を合わせて歩いてきます。角を直角に曲がり、ひとりずつ椅子の右脇に並びました。

左手にはお皿をのせ、右手ではお皿の上のボールのような銀色の大きなふたを押さえています。お皿をテーブルに置きました。

「エイトビートのわくわくサラダでございます」

ふたを同時に持ち上げたとたん、お皿から、音符の形をした煙がぴょん、ぴょんと飛び出しました。

「わぁ、音符だ！」

音符の煙から、レモンのさわやかな香りが広がります。

「いただきます」

みんな、ゆっくりと手を合わせました。

口に入れた瞬間に、みずみずしいレタスや大根が、ぱりぱりと音を立てます。

「レタスの中から、お米が出てきたぞ！」

テクノロジーの国では、おいしいおむすびをいただきましたっけ。

お皿の手前には、マリネしてある鯛の切り身があって、ふわふわの泡がのっています。

「これは何かな？」

鯛とふわふわの泡を一緒に、そっと口に運びました。

「あ、昆布の味がするわよ」

鯛のさっぱりとした旨みと昆布の風味が合わさります。それぞれの食材が口の中でひとつのハーモニーを奏でます。

みんなは料理を味わいながら、土の中の食堂や、黄金色に輝く田んぼ、海を守っている海星人《うみ》を思い出しました。

「たくさんの人の働きがあって、こうして食べられるのね」

「本当においしい」

みんなでうん、うんとうなずきました。


そこへツバメが飛んで来て、リコちゃんの椅子にとまりました。

「イケメンだわ」

小鳥が頬を赤くして、羽をきれいに整えています。

ツバメは、足に手紙を巻きつけて伝言を運んできたのです。リコちゃんが折りたたんである紙を取り出して開きました。桜の花びらがふわりとテーブルにのりました。

「すごいわ。土の国で出会った女の子は学校の先生になって、世界の子供たちのためにがんばっていると書いてあるわ」

「やったー。すごいぞ」

よい知らせが舞い込んできて、幸せな気持ちになりました。

二皿目が運ばれてきました。

「伝説のジビエ、赤ワインソースでございます」

お皿から広がる赤ワインの香りを嗅《か》ぐと、妖精《ようせい》を思い出しました。見えないけれど、きっとここにもいるはずです。

お肉にナイフを入れると、表面がカリッと香ばしく、中はレアの焼き加減です。赤ワインソースをつけていただきます。

「ごちそうだな。おいしいな」

ライオンはお肉をほおばって食べています。ライオンは、人間が料理をする意味がよく理解できたように思いました。


三皿目はデザートが運ばれてきました。

「時間のデザートでございます」

スプーンで口に入れると、さらりとした口溶けと同時に、抹茶のしっかりしたおいしさと、ほのかな甘さが広がりました。

小鳥が羽ばたきをしました。

「ロボットさんたちは仲よく暮らしているかな？　だって」

とライオンが微笑みました。

「旅で出会った人たちに、たくさんのことを教えてもらったわね」

お料理は出会った人、ひとりひとりを思い出させてくれます。まるでリコちゃんたちの、いままでの旅を知っているかのようなお料理です。

「これが、おもてなしのお料理と呼ばれる理由なのかしら？」

とリコちゃんは思いました。

ばあばが、みんなに声をかけました。

「お腹は、いっぱいになったかい？」

リコちゃんとライオンと小鳥は、満面の笑顔で、うれしそうにうなずきました。

小鳥の隣には、伝言を運んできたツバメがちょこんと座り、小鳥の姿を見つめています。

窓の外に目を向けると、太陽の光が降り注いでおり、さわやかな風が頬に当たりました。


食事が終わったのを見はからって、高いコック帽をかぶった料理長があいさつに来ました。

「お帰りなさいませ」

料理長が、帽子をとってお辞儀《じぎ》をしました。

「ごちそうさまでした。とてもおいしかったです」

みんなで声を揃えて言いました。

リコちゃんは、聞いてみたかった質問をしました。

「どんな想いで、お料理をつくっているのですか？」

「お客様のよろこぶ笑顔を見たい、それだけです」

「いまの限られた食材で、こんなごちそうがつくれるなんてすごいわ」

みんなで料理長の顔を見つめました。

「食材が、もっともおいしく食べられる旬《しゅん》を大切に料理しています」

ばあばは、うれしそうに料理長を見ました。

「どんなふうにしたらおいしくなるのか、お客様のことをひたすらに考えて、がんばってくれているんだよ」

「はい、ごしごし腕を磨いています」

ごつごつした太い指で、腕をこすりました。

「料理人は感動をつくることができる。迎賓館の誇りだよ」

と、ばあばが言いました。

「ばあばを守ってくださり、ありがとうございます」

リコちゃんが代表して、料理長にお辞儀をしました。

リコちゃんはここまで、自分に起きたどんな小さなことでも、当たり前のことなんてひとつもなくて全部特別なこと、いつか役に立つのだと信じて進んできました。失敗だって、何かにつながっている。むだなことは何ひとつない、と信じてきたのです。

それが間違っていなかったこと。そして、代々受け継がれてきたペンダントが旅を導いてくれたことに気がつきました。ぎゅっとペンダントを握ったときに、ペンダントの最後のダイヤモンドが光りました。


そのとき、表でザウルスたちが暴れはじめました。ドスン、ドスンと足音が響くたびに、ドアががたがたと揺れました。

「あー、お腹がへった」

「人間は、たくさんの命を食べてきたからさ。おいしいよ」

ザウルスたちは、人間を自分たちの餌としか思っていません。迎賓館の門が音を立てて壊されています。

「ドスン、ドスン」

巨大なザウルスの太いしっぽの力で、少しずつ門が開いていきました。

* * *

リコちゃんとライオンと小鳥は部屋を飛び出しました。ザウルスたちは門を壊して、いよいよ迎賓館の中へ足を踏み入れようとしています。

「ウオー！　人間がいちばんおいしい！　ライオンはいらないぜ」

ザウルスが長いしっぽを振ると、ライオンは一撃で壁に飛ばされてしま

いました。リコちゃんを追いかけるザウルスの前へ、

「やめておくれ！」

とばあばが飛び出しました。ばあばがザウルスの前足に踏まれそうになったその瞬間、大量のカラスの群れが突如現れ、ばあばをさらって安全な場所へ連れて行きました。

旅で出会ったさまざまな国の王様や生き物たちが、ザウルスの足音を聞いて駆けつけてくれたのです。

ロボットの軍団、赤軍はザウルスを止めるために戦い、青軍はリコちゃんを助ける作戦を考えました。

迎賓館の前には大きな泉があります。真ん中の噴水のところでは、海星人たちがザウルスたちを止める準備をしていました。しかし、ザウルスたちは軽々と海星人たちを払いのけ、迎賓館に向かってきます。

リコちゃんは立ち上がりました。

「リコちゃん！」

と後ろ足を痛めて動けないライオンが大きな声で呼びました。

「私は大丈夫。ザウルスたちと話をしてみるわ」

リコちゃんは心を決めました。強いものが弱いものの命を食べものとしていただいてきたのです。そして人間が環境を壊して、ワニが巨大化し、モンスターザウルスが生まれました。


リコちゃんは、迎賓館の前に立ち、目を閉じて手を広げました。旅の中で出会ったたくさんの人々に感謝すると、やさしい気持ちになりました。すると、十個のダイヤモンドが光り輝くペンダントから、光の柱が放たれて、リコちゃんがその中に包まれました。

暴れていたザウルスたちは、その姿をみて不思議そうに、のしのしと歩いてきました。

「人間は、おいしい餌」

と一匹のザウスルが口を開けたとき、後ろにいたザウルスが、

「やめろ、食べるな」

と、しっぽで止めました。

「一緒に生きていく道はないのかしら？」

リコちゃんは話しかけました。

「……」

ザウルスたちは、巨大な光に包まれたリコちゃんの姿を見て、人間とはどんな生き物なのか、知りたくなりました。

リコちゃんは、生まれたときから悪い心を持っている生き物はいないと

信じていました。

「ともに生きていくことができたら、どんなにすばらしいでしょう」

一匹のザウルスは、リコちゃんの声を聞いて戸惑いました。自分が生まれたてのころに、岩に挟まれて体がひっくり返ってしまったときのことを思い出したのです。

あのとき、小さな両手で自分を包んで助けてくれた女の子が、目の前のリコちゃんだったのだと気がつきました。

やがて、リコちゃんを包んでいた光が、ザウルスたちの心の中に入って行きました。病《やまい》の国で見てきたように、心と体はつながっているのです。

ザウルスたちは、自分たちが急に大きくなった体に戸惑い、人間から攻撃されて、傷つき、それをきっかけに暴れるようになったことを思い出しました。そして、それ以前には人間のやさしい心に触れていたことも。

「人間は食べるだけのものではない。一緒に生きていきたい」

リコちゃんとザウルスたちの顔が、ゆっくりと微笑みに変わりました。


迎賓館を囲んでいた高い壁が、音を立てて崩れていきました。お城のシェルターから出てきた王様、迎賓館の人々、ばあば、そしてさまざまな国の王様や生き物が、みんなで力を合わせて自然を守っていこう、争いをやめて、おもてなしの国に戻ろうと固く握手をしています。

ザウルスたちは、オリュゾン王国の門番として人間の生活を守ることになりました。認めてもらえる。それだけで強くなれるのです。

小さなワニたちは、人間の子供たちと大きな広場で遊んでいます。

「背中を滑っていいよ」

「バンザーイ！」

ワニの背中を滑り台にした子供たちは、体中からよろこびがあふれています。滑り終わった男の子が、

「ありがとう」

と、ポケットから小さな袋を出しました。中に入っている抹茶の飴《あめ》を、ワニの口と自分の口に入れました。

「ごちそうさま」

ワニが大きな歯を見せて笑いました。

お城の広間では、王様がリコちゃんに王冠を授与しています。

「この国のこれからは、お前に任せる。よろしく頼むぞ」

「旅で学んだことを生かしていきます」

王様が初めてリコちゃんに微笑みました。

鎧《よろい》を身につけない王女様の誕生です。リコちゃんはお城のバルコニーに立って、あいさつをします。

「私はこの国に生まれてきたことに感謝します。

私は旅に出て、食べることの大切さを知りました。

食卓に笑顔があれば、誰でも迎え入れられます。みんなが幸せになれる未来を、みなさんと一緒につくっていきたいです」

それを聞いたみんなは歓声をあげ、旗を振っています。

胸元で、ペンダントがキラキラと光を放っていました。リコちゃんはこのペンダントの輝きを、ずっと受け継いでいこうと、心新たに誓いました。

街には、オレンジや黄色のパンジー、白やむらさき色のビオラが花びらを揺らして、色とりどりに咲いています。国中の人々がパレードをして祝福しています。

小鳥とツバメは、おそろいのブローチをして寄り添って微笑んでいます。王冠をかぶったリコちゃんが隣を見ると、風にたてがみをなびかせながら、ライオンがにっこりと笑っていました。

あとがき

最後まで、この本を読んでいただきありがとうございます。

いつか本を書いてみたいな、という想いがありました。本は私にとって、そっと味方になってくれたり、生きる勇気をくれたりする存在だったからです。

私が実際に本を書き始めるきっかけとなった出来事があります。二〇一五年、四十四歳のときでした。持病の悪化により体が麻痺《まひ》して、救急病院に運ばれました。入院して数日が経過しても、体の痛みと麻痺によって、ベッドから起き上がることもできませんでした。

ある夜に夢を見ました。夢の中で私は「私、書かなきゃいけない。書かなきゃいけないから」と繰り返し言っていました。その夢の話を夫に話すと、「気が紛《まぎ》れるような、何か楽しいことをしよう」と言いだしました。「ほら、何か書くんでしょ？」と。そして、物語をつくって本にしようと、笑いながら話したのでした。

ほとんど体を動かすことができなくても、唯一、空想することは自由にできるということに気がつきました。いつでも、どこでも、どんなときでも。

子供のころから、食べることが大好きでした。母がつくる料理はとてもおいしくて、太巻きの切れ端を、よく台所でつまんでは最高だなと思っていました。

日常の中で嫌だなと思うことがあっても、ご飯を食べると気持ちがさっと切り替わります。人間には、食べることで感情をコントロールする機能が備わっているのかもしれません。食べること、味わうことのすばらしさを、国境を越えてたくさんの人に読んでもらいたいという想いで、食をめぐる冒険の物語を書いていきました。

本書を読んで、クスッと笑ったり、ほっこりした気持ちになったり、心にそっと力が湧《わ》いてきたりしたのなら、本当にうれしく幸せに思います。

最後に。本書を出版するにあたって、家族や友人、物語にたくさんのアイデアをくださったイトさん、体をサポートしてくださった先生方をはじめ、たくさんの方に支えていただきました。そして、病床にいた私に出版への道を開いてくださった北村美由起さん、本の書き方を教えてくださった横山愛麿さん。この場をお借りして、かかわってくださったすべての方々に、心からの感謝を申し上げます。

二〇一七年十一月

彩陽

彩陽◉いろは

1971年生まれ。25歳から食に関する仕事に携わる。チケット1枚を持ってイギリスへ渡り、英語と料理を勉強する。帰国後、飲食店店長を経て、コンサルタント会社勤務。メニュー開発を手がける。その後、自宅にて料理教室を開き、料理の楽しさを伝える。調理師、ソムリエの資格をもつ。現在、自宅療養中。

食《しょく》ものがたり

発　行　2017年12月24日

著　者　彩陽《いろは》

発行者　菅尾雅彦

発行所　SUGAO

〒351-0025　埼玉県朝霞市三原13-89-403
電話　080-3594-1732

制　作　ブックリンケージ

印刷・製本　プリ・テック株式会社

ISBN978-4-9909908-5-5　C0077